ANTONIO CARLOS NEVES
Ilustrações
SAULO GARROUX

FANTASMAS

Coleção Jabuti Mistério

1997

Editora Saraiva

EDITORA
Claudia Abeling-Szabo
ASSISTENTE EDITORIAL
Nair Hitomi Kayo
SUPLEMENTO DE TRABALHO
Luiz Antonio Aguiar
SUPERVISÃO DE REVISÃO
Livia Maria Giorgio

EDIÇÃO DE ARTE
Nair de Medeiros Barbosa
SUPERVISÃO DE ARTE
João Batista Ribeiro Filho
FINALIZAÇÃO
Angelice Maria Taioque

Dados Internacionais de Catalogação na Publicação (CIP)
(Câmara Brasileira do Livro, SP, Brasil)

Neves, Antonio Carlos
Fantasmas / Antonio Carlos Neves ; ilustrações Saulo Garroux. — São Paulo : Saraiva, 1997. — (Jabuti)

ISBN 85-02-02030-7

1. Literatura infanto-juvenil I. Garroux, Saulo. II. Título. III. Série.

97-3010 CDD-028.5

Índices para catálogo sistemático:

1. Literatura infanto-juvenil 028.5
2. Literatura juvenil 028.5

Editora Saraiva

Av. Marquês de São Vicente,1697 – CEP 01139-904 – Barra Funda – Tel.: PABX (011) 861-3344
Caixa Postal 2362 – Telex: 1126789 – Fax: (011) 861-3308 – Televendas: (011) 861-3254
Fax Vendas: (011) 861-3268 – São Paulo-SP – Endereço Internet: http://www.saraiva.com.br

Distribuidores Regionais

Aracaju: (079) 211-7541
Bauru: (014) 234-5643
Belém: (091) 222-9034
Belo Horizonte: (031) 464-3499/464-3309
Boa Vista: (095) 623-1907
Brasília: (061) 344-2920/344-2951
Campinas: (019) 243-8004/243-8259
Campo Grande: (067) 382-3682
Cuiabá: (065) 623-5073
Curitiba: (041) 332-4894
Florianópolis: (048) 244-2748
Fortaleza: (085) 231-3067
Goiânia: (062) 225-2882/212-2806
Gurupi: (063) 851-2402
Imperatriz: (098) 721-3268
João Pessoa: (083) 241-3388
Juiz de Fora: (032) 211-4957
Londrina: (043) 322-5546
Maceió: (082) 338-2121
Manaus: (092) 633-4227/633-4782
Maringá: (044) 224-4465
Natal: (084) 211-3881
Porto Alegre: (051) 343-1467/343-7563
Porto Velho: (069) 223-2383
Recife: (081) 421-4246/421-2474
Ribeirão Preto: (016) 610-5843
Rio Branco: (068) 224-4540
Rio de Janeiro: (021) 501-7149
Salvador: (071) 381-5854/381-5895
Santarém: (091) 522-2745
São José do Rio Preto: (017) 227-3819
São Luís: (098) 232-7207
Teresina: (086) 223-0474
Uberlândia: (034) 213-5158
Varginha: (035) 222-2328
Vitória: (027) 227-5199

. 1 .

Hoje, até parece uma piada sem graça. Mas quando tudo começou, achamos divertido saber que estaríamos todos juntos naquela viagem de férias.

A idéia partiu de papai, que a passou para o pai de Marcelão, que a transmitiu ao de Feijão, mas nossas mães só vieram a saber quando já estava tudo decidido entre os homens, causando uma tremenda confusão. As mulheres de Nova Almeida são feras que não aturam machismo, muito menos dos próprios maridos. Só que elas estavam em desvantagem desde o princípio: primeiro, porque estavam doidas para viajar, e, segundo, porque os filhos estavam ainda muito mais.

— Vocês sabem para onde vamos? — indagou Feijão, o sorriso de dentes muito brancos espalhando-se pelo rosto muito preto.

— Cara, não quero nem saber! — respondeu Marcelão, eufórico. — Ah, viajar, conhecer novos lugares, ver muitas gatinhas, meu Deus, isso é que é vida!

Estranhei. Desde quando Marcelão se interessava por meninas? Que soubesse, Rolha-de-poço só tinha interesse por computadores, OVNIs e muita comida, exageradamente comida.

— Vamos para Rincocó! — Feijão elucidou o mistério, mal contendo a risada.

— *Rincocó*?! — gritamos ao mesmo tempo, eu e Rolha, estupefatos.

Aqui entre nós, tínhamos todas as razões do mundo para achar que Feijão estava gozando da nossa cara. Onde já se viu um lugar com o nome de Rincocó? A viagem começou a perder o encanto, se quer saber, e nem tínhamos ainda arrumado as malas.

— Está de brincadeira — rosnou Marcelão, de banhas arriadas.

— Ouvi papai conversando com mamãe — insistiu Feijão. — O pior é que ela nem protestou. A velha ficou foi entusiasmada.

— Não dá mesmo para entender os adultos... — Marcelão era a própria imagem do desânimo, só que tamanho família. — Como é que alguém pode se entusiasmar com férias em Rincocó?

— Até parece que você conhece o lugar — protestou Feijão, como se ele conhecesse.

Pois eu podia compreender o gorducho: nenhum lugar que se chamasse Rincocó podia nos dar qualquer esperança de aventuras.

— Precisamos ter uma conversinha com os velhos — eu disse. — Vamos todos juntos, de casa em casa. Afinal, as férias são nossas e temos todo o direito de escolher para onde vamos — e soltei nosso novo grito de guerra, que imaginava assustador o bastante para convencer papai e mamãe a um reajuste no itinerário: — *Abaixo Rincocó*!

.2.

Tem dias em que fico só pensando como deve ser maravilhoso ser filho único, sem uma irmãzinha de nove aninhos para encher a paciência, e então imagino mil maneiras de cometer o crime perfeito. Uma tremenda chata, a pestinha. Bem, só para ter uma idéia do que estou dizendo, quando ela resolve me abraçar e fica toda carinhosa, sei logo que tem algum favor a me pedir, e quando implica e me arruma alguma confusão com mamãe, percebo na hora que o castigo vai me deixar sem sobremesa, principalmente aquela rara e saborosa. Isso, só para conferir como age Amanda, minha maninha.

Assim, quando a vi correndo toda alegre em nossa direção, pensei: "A praga está querendo se enturmar". Uma ova que eu ia deixar — só que havia me esquecido do xodó que Marcelão tinha por ela.

— Amandiiinha! — gritou o gorducho, meloso como uma *fruttela*. — Está animada com a viagem?

— Claro! Ainda mais para Rincocó!

Nos entreolhamos, e acho que nunca nos sentimos tão desconfiados.

— Está feliz de passar as férias em Rincocó?— indagou Marcelão, sem acreditar que sua protegida falasse sério. Era a primeira vez que víamos o gordão decepcionado com ela, coitado. Mas eu achei o máximo.

— Puxa, o lugar é sensacional! Tem cavalo, charrete, pescaria, um lago imenso cheio de barcos, e o hotel parece uma mansão de filme de terror!

Ela estava descrevendo o sonho de férias de todo garoto, mas aquilo não podia ser Rincocó. Um lugar assim teria de se chamar *Jurassic Park* ou, melhor ainda, *Salem's Lot*, sabe qual é, aquela cidadezinha dos vampiros de Stephen King. Nunca, jamais, de jeito algum Rincocó!

— Como é que você sabe? — perguntei, fazendo aquela cara de irmão-mais-velho-pronto-para-lavar-a-boca-da-irmã-mentirosa. E debochei: — Papai contou, é?

— Contou.

Achei que merecia aquilo. Em vez de perguntar, devia era ter dado uns bons cascudos, assim ela deixava de ser besta.

— Seu pai contou, Amandinha? — indagou Marcelão, voltando ao jeito meloso. — Uau, lá tem tudo isso? Cavalo, charrete, pescaria, um lago imenso cheio de barcos, e o hotel parece uma mansão de filme de terror?

Caramba, Marcelão às vezes tinha uma memória de arrasar. Em todo caso, se aquilo não era invenção de Amanda — afinal, era só uma menininha de nove anos, enquanto nós já tínhamos treze —, então nem precisava ter a tal conversinha com nossos coroas. Que importância tinha um simples nome?

.3.

O hotel era mesmo um horror. Ficava no alto de uma colina, logo na entrada de Rincocó, pintado de cinza, com inúmeros telhados escuros parecendo escorrer pelas paredes, cercado por um bosque de eucaliptos, que o frio intenso de julho desfolhara quase que inteiramente. Resumindo: tínhamos a impressão de estar em algum lugar da Europa, quem sabe na Transilvânia.

Rincocó, afinal, era só uma cidadezinha bem mineira, encarapitada na serra da Mantiqueira, pouco conhecida e muito valorizada como local de repouso pelos velhos que chegavam das localidades mais próximas. Não parecia acontecer nada por ali, como se ninguém mais esperasse que ocorresse alguma coisa — e não porque já tivesse acontecido tudo que tinha para acontecer. Obviamente, a cidade possuía sua própria história, como papai afirmava haver em toda cidade mineira: entre os séculos

XVII e XVIII, Rincocó fora um próspero entreposto comercial no caminho dos aventureiros que cortavam a região em busca de ouro e diamante, até ceder lugar a cidades mais importantes, como Ouro Preto e São João Del-Rei, tornando-se tão anônima neste século quanto outras incontáveis pequenas localidades de Minas Gerais.

Para nós estava ótimo.

Como só devia haver velhos no hotel, certamente o teríamos inteirinho para as brincadeiras que pretendíamos inventar, aguçada nossa imaginação pela atmosfera do antigo casarão e pelos empregados mais estranhos que já tínhamos visto. Não eram muitos: apenas dois garçons, cada um parecendo ter mais de cem anos, duas camareiras com tipo de espiãs de filmes sobre nazistas, e uma espécie de porteiro-gerente-carregador de malas, lembrando aquele Boris Karloff dos filmes de terror da juventude de papai.

Deixamos nossos pais às voltas com a bagagem, discutindo se Karloff teria saúde para carregá-la até os quartos, e fomos à luta. Nos fundos do Hotel Imperador, como se chamava aquela coisa espantosa, havia uma enorme área de recreação — se posso definir assim uma piscina de água gelada, uma sauna a vapor e um salão de jogos, tudo ainda do tempo do velho Capitão Marvel. A área de recreação ficava num espaço cavado na colina, em meio aos eucaliptos, e Marcelão — prático como sempre — foi logo perguntando:

— Alguém tem idéia de quem foi o gênio que colocou uma piscina entre as árvores?

Eu, que não tinha entendido a observação dele, rebati:

— Qual é o problema?

— Não bate sol nunca, sua anta! — respondeu Amanda, que nem estava na conversa.

— Se começar a me aporrinhar, volta para o hotel!

— Não enche, Filé!

— Fica na sua, que é melhor para você!

A discussão só não se prolongou porque um "oh, meu Deus" nos interrompeu:

Feijão havia se aproximado da piscina. Expressão assustada, demoramos quase meio minuto para perceber que ele apenas apontava para alguma coisa dentro da piscina, sem conseguir balbuciar uma palavra.

— Não me diga que tem sapo aí dentro! — Amanda fez uma careta de nojo que me deliciou.

Feijão não parava de tremer. Achei que devia ser o frio, mas, então — e era só o que nos faltava —, o cretino desmaiou — ou melhor, foi caindo durinho feito um cabo de vassoura para dentro da piscina. Caramba, às vezes até eu me espanto com a minha rapidez: consegui agarrá-lo pelo suéter no último instante. Grande coisa! Caímos os dois dentro da piscina gelada.

Eu não sabia se afogava, se congelava ou se salvava Feijão, que nem com toda aquela água capaz de congelar instantaneamente uma *Seven Up* tinha se recuperado do desmaio. Tentei voltar à tona e dei de cara com um rosto inchado e azul, que me olhava com o mais profundo terror. Acho que engoli metade da piscina com o susto, pois, de repente, senti que estava com a cabeça do lado de fora da água, gritando como se carregasse aquela coisa aferrada em meus calcanhares. Vi a escadinha logo adiante e tentei subir por ela para sair da piscina, mas o desgraçado do Feijão foi escolher justo aquele instante para recuperar os sentidos. Resultado funesto: como o infeliz não podia nadar, de tão congelado, grudou-se em minhas costas, e lá fomos nós outra vez para o fundo.

Agora eu tinha Feijão e aquele cadáver montados em mim. Cadáver? Foi a última coisa que me passou pela cabeça, antes da água ficar inteiramente negra e eu morrer.

.4.

Voltei à vida levando vários tapas no rosto. Eu só podia estar apanhando de algum membro da Gangue dos Fedorentos, como Azedão, Fuínha ou Camundongo, mas o que eles estariam fazendo ali? Não parei para pensar e tasquei um sopapo como resposta.

— Mas que garoto malcriado!

Epa, era voz de adulto. Abri os olhos e a primeira coisa que vi foi a cara do doutor Arquimedes, o pai de Feijão, que além de esfregar o nariz, ainda me encarava com justificada raiva: o velho era médico e devia estar ali tratando de minha ressurreição até levar aquela bela porrada.

— Não tem vergonha de dar um soco no Hipermedes, filho?

Aquela era uma das brincadeiras de papai e que deixava o velho Arquimedes com vontade de lhe enfiar um bisturi.

— Puxa, desculpe — eu disse, mas no fundo achava que um médico tinha a obrigação de entender que não era nada fácil ressuscitar. Foi aí que me lembrei do cadáver e gritei: — Tem um morto na piscina!

Eles já sabiam, claro. Aliás, já tinham até retirado o corpo e o deitado próximo à beira da piscina. Do lado de fora, que coisa horrível, ele parecia ainda mais inchado.

— O que foi que aconteceu com ele? — perguntei a Marcelão, em quem mais confiava nessas horas.

— Bem, tem a garganta cortada — explicou o gordo, todo orgulhoso com a preferência. — E essa cara de pavor.

— Pelo amor de Deus, Marcelo, que maneira horrível de se referir ao pobre coitado! — protestou dona Rosalinda, sua mãe.

Os velhos estavam todos ali: papai, mamãe, os pais dos meus dois amigos, todos parecendo turistas insatisfeitos com a excursão. Vi, então, Boris Karloff chegando com um sujeito baixinho e gordo, e pensei: "É assim que Rolha vai ficar quando crescer". Só não acreditava que o gorducho se tornasse tão desleixado como aquele sujeito, já que vivia penteando os cabelos e morria de vergonha da roupa um número menor que a mãe insistia que vestisse, na ilusão de que o filhão, assim, parecesse mais magro.

— Ei, cadê o Feijão? — perguntei.

— Quem? — eu tinha esquecido que os pais fingiam desconhecer o apelido do filho.

— Aprígio. Onde ele está?

— Vestindo uma roupa seca — respondeu dona Malvina, mãe de Feijão. — Não se envergonha de ter jogado o pobrezinho na piscina?

Eu não podia acreditar que ela tivesse dito aquilo, afinal eu tinha salvado a vida daquele maricas.

— Suba agora mesmo para se secar, antes que apanhe uma gripe — ordenou mamãe, gentilmente.

— Posso beber um conhaque? — perguntei, só para fazer graça.

— Beba um copo de leite quente — sugeriu minha irmãzinha querida.

Karloff aproximou-se e disse:

— Este aqui é o delegado Josias. Ele precisa conversar com as crianças.

.5.

Foi depois da conversa com o delegado Josias que resolvemos tomar a frente do caso. As perguntas, como esperávamos, não foram nada originais: como o corpo estava na piscina, quem viu primeiro, como achamos o corpo etc. Ele não parecia estar nos levando muito a sério, ainda mais com aquela expressão de deboche estampada na cara.

Fomos nos reunir no último andar, onde esperávamos não ser interrompidos, se bem que o hotel nos parecesse estranhamente vazio para uma temporada de inverno. Acabamos descobrindo um lugar fantástico: uma sala minguada e soturna, com misteriosas grades nas janelas que davam para um dos telhados escuros, e que agora parecia servir de depósito para todas as coisas dispensáveis do Imperador.

As arrumadeiras há muito não deviam se aproximar daquele quarto, que estava repleto de teias de aranha, móveis de todos os tipos, baús, cabides e mais cabides com os mais variados estilos de roupa. Depois de uma boa olhada em todas aquelas velharias, nos acomodamos do melhor jeito que conseguimos, e a reunião teve início.

— Puxa, mal chegamos e já temos um cadáver — disse Amanda, excitada. — As férias começaram bem!

— Acham que ele se suicidou? — indagou Marcelão.

— Foi assassinado.

Olhamos Feijão, espantados com a segurança com que disse aquilo.

— Assassinado, ó, babaca? — achei que o cretino só estava fazendo gênero.

— Ora, ninguém se suicida dentro de uma piscina. Como o cara podia fazer isso? Sentando no fundo, segurando a respiração e depois cortando a garganta?!

Tinha sua lógica, claro, mas não me convencia.

— Quem sabe não estava cheio de problemas, olhando esta paisagem triste, aí resolveu se matar e acabou caindo dentro da piscina? — sugeriu Marcelão.

Tinha sua lógica, claro, mas também não me convencia. Faltava a razão de todo assassinato: o motivo.

— Por que matariam o sujeito? Tem de haver uma razão para tudo.

— Só vamos descobrir quando soubermos quem era aquele homem — respondeu Rolha-de-Poço, habituado a ser o sabichão da Turma da Aventura.

Turma da Aventura era como nos chamávamos, mas não havia nenhum clube ou regras que a orientasse — só queríamos nos sentir aventureiros, espertos e unidos. Era também uma maneira de enfrentarmos a Gangue dos Fedorentos, que infernizava nossos recreios lá na escola. Eram uns chatos, mais velhos que qualquer um de nós, repetindo há dois anos a mesma série e se achando o máximo. Então — bem, você sabe como isso funciona — precisávamos de alguma coisa que nos fizesse sentir que a amizade era a coisa mais importante do mundo para nós, garotos inquietos e curiosos, loucos por ação. Eu e Feijão não passávamos de dois magricelas, que só tinham a favor o jeito veloz de fugir durante uma confusão com os Fedorentos, enquanto Marcelão tinha o cérebro mais privilegiado da escola, embora na hora de correr lembrasse um elefante subindo em um banquinho de circo. E Amanda... Bem, Amanda só arranjava as confusões das quais tínhamos de fugir. Como podem ver, formávamos uma turma e tanto.

— Sem problema — eu disse, adotando uma expressão que me pareceu igualzinha a de Bruce Willis em *Duro de matar*, I ou II, não tinha importância. — É só verificar com Karloff.

— Quem?

— O gerente, ou porteiro, sei lá. Aquele matusalém que fica atrás do balcão.

— Ei, é mesmo a cara do Boris Karloff! — gritou Feijão, e trocamos uma saudação própria de sabichões, enchendo nosso gordo de mortal inveja. — Vocês viram aquele filme em que ele...

— Ao assunto, meus jovens — Marcelão cortou logo nosso barato, de puro despeito. — Para ser franco, acho mais parecido com Peter Cushing em *A mansão da meia-noite*. Mas não vamos discutir essa besteira. Só não sei se Cushing vai abrir o bico.

— É, provavelmente Peter Cushing não abra, mas tenho certeza de que meu Karloff nos conta tudo — eu disse, sarcástico.

Apesar do olhar de vaca gorda que me lançou, Marcelão provocou:

— Vamos ver.

E nós fomos.

.6.

Encontramos Karloff atrás do balcão, prontinho para ser enterrado. Bem, ele tinha uma expressão de quem já tinha vivido tudo e até um pouco mais, e nos olhou como se estivesse diante dos próprios filhos: sem qualquer condescendência. Mas também não disse nada e ficou só aguardando para ver que tipo de amolação estávamos lhe trazendo.

— Quem era aquele sujeito na piscina? — como sempre, Marcelão soube ser muito objetivo.

— O morto?

Quem mais poderia ser, ó, cretino?

— O homem que foi assassinado — disse minha irmãzinha, com a cara mais inocente do mundo.

Karloff deu um pulo para trás, e eu tive a nítida impressão de que alguém o havia alfinetado nas nádegas.

— Com licença — ele disse, e sumiu por trás da cortina que formava a parede de fundo da portaria.

Nos entreolhamos, bestificados.

— Viu só, sua anta? — esbravejei com a maninha. — Agora ele não vai nos dizer nada!

— Você tem mesmo um cérebro de chipanzé, não é, Deco? — revidou a cretina. — Estava achando que ele ia nos contar tudo? Já viu algum adulto confiar em criança, seu debilóide?

Deixamos o hotel e fomos dar uma volta pela cidade. Era uma típica tarde de inverno, com um céu carregado e, por cima dos montes que cercavam Rincocó por todos os lados, chegavam mais nuvens escuras: chuva na certa, portanto era bom nos apressarmos. Descemos a ladeira que ligava o hotel à cidade e viramos à esquerda, entrando na estradinha de asfalto. Era como se o Imperador fosse apenas um forte vigiando a entrada de Rincocó, parecendo um portão, localizado, no máximo, a cem metros da primeira casa da única rua da cidade. De fato, era tudo o que havia por ali: uma rua estreita, com todas as residências e o comércio espalhados de ambos os lados, e só.

Droga, foi uma decepção. Também, o que esperávamos encontrar? Nossos pais já tinham avisado que o hotel era a única coisa interessante, com as charretes, os cavalos, o lago — ainda não tínhamos encontrado nada disso. Claro, e a piscina, que já não tínhamos nenhuma vontade de rever.

— Puxa, aqui é que não vamos arranjar nenhum amigo — comentou Feijão.

— E para que, sua anta, precisamos de amigos num lugar como este? — perguntou Marcelão, suspirando de impaciência. — Já somos quatro, Feijão!

De minha parte, deixei de prestar atenção na conversa dos dois, impressionado com a expressão indiferente das únicas pessoas que nos olhavam de suas janelas, todas parecendo tias de Tutancâmon. Já tinha visto papai uma vez assim, mas não contava, pois o velho estava só exausto depois de um longo dia de trabalho em que tudo dera errado: faltara energia elétrica no prédio da emissora de TV onde trabalhava, obrigando-o a subir os dez andares a pé; o cenário inteiro do telejornal desabara sobre sua cabeça; o carro enguiçara e, por fim, ainda derrubara um pedaço do muro lá de casa ao entrar na garagem. Pois é, o velho tinha carradas de motivos para estar desinteressado até mesmo da família, mas aquela gente parecia... puxa, parecia *morta*!

Naquele instante ouvimos um estrondo que quase me derrubou de susto. Em seguida, só para chatear, a chuva caiu sobre a gente com cada pingo que mais parecia um saquinho de *chup-chup*. Foi uma coisa realmente incrível perceber como de repente a cidade de uma só rua ficou envolta por uma penumbra fantasmagórica. Quando um novo raio explodiu em algum lugar às nossas costas, pude distinguir a silhueta do hotel Imperador contra a mata, mas o que me deixou apavorado foi avistar, enquanto suas paredes pareciam tremer sob o brilho intercalado de uma série sucessiva de relâmpagos, alguma coisa estranha, *pavorosa*, destacando-se das pontas dos telhados. A chuva já havia me encharcado completamente, e podia ser devido ao frio, sei lá, mas estremeci inteirinho, como se o próprio demônio houvesse percorrido minha espinha com suas unhas compridas e afiadas.

— Você viu? — perguntei ao gorducho, que também tremia a meu lado.

— O quê?

Ele não vira. Ninguém que tivesse visto *aquela coisa* faria uma pergunta cretina como essa. Teria sido alucinação?

— Droga, estou toda molhada! — Amanda não nos disse nenhuma novidade. — Vamos embora, Deco!

Feijão não tinha esperado e já corria em direção ao hotel. Saí atrás dele, seguido de perto pela pestinha, e de muito longe por Marcelão, que não se cansava de gritar:

— Parem de correr, seus burros! Já estamos molhados!

Realmente era uma burrice tão grande quanto a daqueles turistas na praia lá em Nova Almeida, que saíam do mar tão logo começava a chover.

Eu e Amanda começamos então a caminhar tranqüilamente. Para ser mais preciso, bem à vontade, curtindo de montão aquela chuva — apesar do frio terrível, apesar de Marcelão continuar correndo, tentando nos alcançar, apesar de Feijão já ter sumido de vista.

— Será que Feijão correu se desviando dos pingos? — indagou Marcelão, finalmente nos alcançando, e rimos um bocado.

Foi então que o vimos voltando, numa correria ainda maior que a de antes. O que era aquilo? Treinamento na chuva?

Feijão, acredite, estava quase branco de tão pálido, e corrida alguma jamais o deixou daquele jeito.

— Que-que-que...

Ele começou a gaguejar e a gesticular de maneira alucinada, os olhos tão arregalados, que tive a impressão de que iam pular para fora das órbitas, como às vezes acontece com o cachorro pequinês.

— Fala direito, cara — disse Marcelão.

— Que-que-que...

— Dê um tapa nas costas dele, Filé! — praticamente me ordenou o gordo, que podia muito bem ter feito aquilo.

Dei um tremendo tapa nas costas de Feijão e ele desandou logo a falar:

— Quecoisahorrívelvilánohotelvocêsnemtêmidéiadoqueeuvi!

Talvez tenha dado para você entender, mas na hora pensamos que ele tivesse enrolado a língua com a correria e agora a estava soltando toda de uma só vez. Eu já estava pronto para sapecar-lhe um tabefe, mas não deu: *aquela coisa pavorosa estava bem à minha frente*!

— O-o-o-o...

— Ah, não, essa coisa pega, é? — gemeu Marcelão, ao me ver

também gaguejando. Só que o panaca não estava olhando para o hotel e não podia fazer idéia do que tinha pelas costas.

— O-o-o-o... oooolha!

— O que foi agora? — ele perguntou, começando a se virar.

Eu podia até jurar que aquelas banhas começaram a se derreter, tão logo ele deu de cara com aquela coisa horrível, e Amanda, que também tinha visto, soltou um grito tão agudo juntinho de meu ouvido, que tudo ficou confuso e exagerado.

Era uma criatura quase sem forma, evanescente e monstruosa. Parecia transparente contra a fachada do Imperador, carcomida pelo tempo e pelos vermes, o que me deixou com a horrível sensação de estar diante de um fantasma. Só que fantasmas não existem, certo? Papai, pelo menos, tinha certeza disso, mas infelizmente não havia passado para o filho a mesma convicção. Além do mais, o velho não estava ali, eu não sentia nenhuma disposição de verificar se ele estava certo, e preferi fazer o que meus amigos e a pestinha já faziam, sabiamente: dei no pé, azucrinado.

E ainda pude ouvir a gargalhada daquela "coisa", e a venho escutando até hoje, sempre que tenho algum arroubo de pavor, seja qual for o motivo.

.7.

Foi a partir desse momento que o Imperador passou a ter para nós uma aparência diferente, nada condizente com um local de férias, onde um grupo de crianças podia se divertir um bocado. Até os corredores e quartos passaram a cheirar mal, como se estivéssemos dentro de uma tumba, ressurgindo a nossos olhos como um hotel umbroso, envelhecido e ocupado por sombrias criaturas que pareciam se esgueirar pelas sombras, sempre à espreita. Mesmo quando não víamos ninguém, a cada passo que dávamos ficava sempre a impressão de que alguém nos seguia, e a primeira noite passou a ser aguardada como um tempo de pesadelos.

Quando chegou a hora do jantar, anunciada por Karloff com o uso de uma sineta, nos entreolhamos com mútua compreensão: nenhum de nós seria capaz de jantar. Pai, até que não, mas mãe é mãe sob quaisquer circunstâncias, e tivemos de ir para o refeitório. Só então descobrimos que havia apenas mais três hóspedes naquele hotel assombrado. Dois deles eram verdadeiras múmias, aquilo já começando a parecer alguma exigência da região, mas o terceiro era um pouco mais novo, e seria até simpático, não fosse o bigodinho de general francês e o olhar pedante de Mel Gibson.

— Turminha animada, essa — comentou Feijão.

No entanto, podíamos sentir que ele só estava continuando aquilo que vínhamos fazendo, desde que chegamos correndo ao hotel e fomos devidamente encaminhados por nossas mães para um revigorante banho fervendo: embromando o próprio medo. Pois é, desta vez a Turma da Aventura andava de moral baixo, o que era novidade, sem ânimo — ou coragem, para ser muuuito franco — de conversar sobre aquela coisa horrível que nos apareceu na entrada do Imperador. Lógico que deixamos nossos pais cabreiros.

— O que há com vocês, crianças? — papai acabou perguntando. — Estou estranhando esse silêncio.

— Tem razão, ainda nem reclamaram da comida — concordou dona Rosalinda.

— Não derrubaram nenhum copo de refrigerante — agora era a vez de seu Arquimedes enumerar nossas virtudes, — não deixaram o prato cair no chão, não estão gritando, não espalharam comida em volta do prato... meu Deus, agora estou vendo, *nem começaram ainda a comer*!

— O que é, hem? — revoltou-se Marcelão por todos nós. — Será que ainda não perceberam que estamos em férias?

— Ora, ora, já tivemos férias mais normais que estas — revidou meu paizão, começando a achar graça, o que já estava demorando.

— Nós *crescemos*, seu Fernando. Já não somos criancinhas malcriadas, esfomeadas ou desordeiras. Não percebeu, não?

Pela cara, logo vi que papai não tinha *percebido*. Mas a pestinha estragou tudo, como sempre, despertando daquela moleza que nos dominava e começando a encher o prato com um montão indiscriminado de comida, enquanto dizia:

— Porcaria, não vou deixar que aquele *fantasma* estrague meu apetite!

Ocorreram a seguir três reações: minha mãe irritou-se com o que considerava um palavrão, os demais adultos olharam Amanda espantados com aquela alusão ao fantasma, e eu fiquei boquiaberto, ao compreender o que a aparição representava para a maninha. Ah, sim, e houve uma quarta, justamente a ira de Marcelão contra sua protegida:

— Cala a boca, Amandinha!

Depois disso, virou uma enorme confusão em torno das quatro mesas que havíamos juntado para abrigar as três famílias mais confortavelmente. Até hoje não sei se foi o espanto dos adultos com aquela ordem do gordo, se foi a fome finalmente nos tocando, se foi a decisão de não deixarmos que o *assunto* levasse nossos pais a começar seus intermináveis interrogatórios, ou se foi tudo isso junto — mas começamos literalmente a atacar os diversos pratos de comida dispostos sobre a mesa, enquanto nossos adultos iniciavam uma tremenda discussão, cujo teor já não me interessava, preferindo dedicar toda a atenção ao enorme bife que conseguira engarfar segundos antes que Marcelão. Ele ficou uma fera e bem que tentou enfiar seu garfo no meu bife, mas fui mais rápido e afastei o prato, derramando metade da porção de feijão sobre o prato de Amanda.

— Ei, não quero mais feijão, Deco! — protestou a pestinha, mas também foi só, talvez por hábito, em seguida já atacando aquela porção extra.

— Crianças, aí tem coisa! — gritou seu Arquimedes, perspicaz como o filho. — E quero saber direitinho o que foi que aprontaram!

— Tem toda razão — apoiou mamãe, mas eu sabia que agora estava mais aliviada com a volta de nosso comportamento habitual. — André, que história é essa de fantasma? Andou assustando sua irmã?

Assustando aquela pestinha?! Era mais fácil o Botafogo perder para o Flamengo, Marcelão deixar de olhar para um sorvete de morango, ou Feijão ficar de mau humor. Mãe tem cada coisa!

— André Navas, sua mãe lhe fez uma pergunta, por sinal muito simples e objetiva. Portanto, quer fazer o favor de responder?

Quando papai falava assim, só havia um jeito: contar até o que eu não sabia. Sinceramente, eu preferia que ele gritasse em vez de falar daquele jeito, deixando todos impressionados com sua calma e ponderação. A verdade era que não o conheciam como eu — por trás daquele rosto quase sorridente, daquela voz mansa, havia uma alma de carrasco nazista pronta para me ferrar. Bem, estou exagerando um pouco, claro, mas ele de fato era pior quando parecia tão educado.

— Bem, pai, é que nós...

— *Aaaiiii!*

Feijão deu um pulo, arremessou seu prato superlotado, que aterrissou lindamente sobre o colo de dona Rosalinda.

Caramba!

— Mas que droga! — bufou seu Aníbal, tomando as dores da esposa.

— Puxa! — exclamou Feijão, como se nada demais houvesse acontecido, pelo menos com ele. — Acho que foi um marimbondo.

— Ele te mordeu, filhinho? — dona Malvina ficou logo preocupada.

— Não, foi só o susto.

Ah, agora, sim, eu podia dizer que ali havia coisa, e das grossas, mas não fui besta de abrir a boca. Afinal, ele só fizera aquilo para me livrar de dar uma explicação que, de forma alguma, interessava a nenhum de nós. Só que ele não precisava exagerar: dona Rosalinda ainda olhava pasma para o vestido todo decorado com carocinhos e caldo de feijão, aparentemente em estado de choque. Mas o fato era que os demais velhos pareciam agora absolutamente desinteressados do fantasma.

.8.

Eu não vi, é verdade, mas tenho certeza de que nossas mães se cumprimentaram, solidárias, após nos mandarem dormir depois do jantar — sabe como é, esse negócio de acordar cedo, de viagem longa, muita novidade, chuva, tudo isso num só dia deixa as crianças, coitadas, muito cansadas, precisando de repouso. Mãe é assim. E ficaram contentes quando não discutimos, seguindo logo para o quarto. O que elas não sabiam era que precisávamos conversar: aquela história de Feijão jogar comida na mãe do Rolha pegara mal; era hora de a gente passar a encarar o medo de frente.

Nós, os garotos, dividíamos um quarto, sobrando para Amanda a parte do leão, ou seja, um quarto conjugado ao de papai e mamãe, de forma que estávamos ali sozinhos. Exatamente a visão que eu tinha do Clube do Bolinha.

— Bem, o que acham? — perguntou Marcelão, enquanto vestíamos nossos pijamas.

— Por enquanto, não acho nada — respondeu Feijão, enfiando-se na calça comprida de um pijama listrado em vermelho e branco, uma doideira.

— Santo Deus, Feijão, onde você comprou essa maravilha?! — exclamou Marcelão, ao ver aquela calça.

— Não fui eu, droga. Foi mamãe.

Eu já ia fazer um comentário sobre as manias das mães, quando vi o pijama do Marcelão. Ele já abotoava a camisa, e o efeito foi devastador sobre minha índole sarcástica. Nem tentei impedir a gargalhada.

— Eu não acredito! — disse, e não acreditava mesmo que alguém tivesse a coragem de usar aquilo na frente de outros garotos, que, aliás, adoravam pegar no pé dos demais. — Pô, Rolha, desta vez você barbarizou!

Era um pijama de seda vermelha, ostentando um imenso — e tinha de ser imenso para se destacar sobre aquelas mamas quilométricas — monograma sobre o lado esquerdo do peito. O *M* de sua inicial era um primor de bom gosto maternal, mas o gorducho tinha tantas dobras por toda parte, que a letra ficava parecendo uma coleção de listras, comprometendo o efeito geral. Aliás, o pijama seria um sucesso, claro, não fosse aquela mania de dona Rosalinda de vestir o filho com roupas pelo menos um número menor: o pobre coitado parecia estar sempre esborrando pelas mangas e pelo colarinho.

— Parece o pijama de um grã-fino que engordou da noite para o dia. — Feijão, às vezes, sabia machucar um companheiro, enfiando o dedo na ferida mais aberta.

— Pois mamãe disse que é igualzinho ao pijama que Cary Grant usou em *Ladrão de casaca* — esbanjou conhecimento, o pernóstico Marcelão.

— Quem? Onde? — Feijão fez uma careta, como se alguma coisa estivesse cheirando mal no quarto.

— Está querendo esnobar a gente é, Rolha?

— Ah, esquece. Às vezes tenho a impressão de que só perco tempo com vocês. O melhor é irmos logo ao que interessa. O que acham que vimos lá fora?

Imediatamente ficamos sérios. E se alguma vez eu disse que gostávamos de uma aventura, estava pronto agora para desfazer essa idéia absurda. Droga, a gente até parecia pára-raio de desgraça, tínhamos sempre de estar no meio do caminho quando alguma coisa horrível acontecia. Para mim, aquela coisa lá fora tinha sido um fantasma, e mais uma vez vou ser muuuito franco: não tenho medo de vampiros, lobisomens, mulas-sem-cabeça; encaro todos ou, se não der, na base dos meus famosos pontapés naquele-lugar-que-dói-pacas.

Mas fantasma eu não encaro, não.

Coisa de morto, só no cinema, em livros e, no máximo, como saudosa lembrança.

Foi quando bateram na porta com pancadinhas apressadas. Alguma coisa me dizia, não sei por que, que era a pestinha. Feijão e Rolha-de-poço se entreolharam, preocupados, e dava para se perceber o nível do medo subindo só de ver como a palidez ia se alastrando pelo rosto dos dois panacas. Panacas, sim, porque era ridículo imaginar que algum fantasma fosse bater à porta, pedindo permissão para entrar. Eu *sabia* que só podia ser Amanda chegando para torrar nossa paciência.

— Vocês são uns medrosos — eu disse. — Não têm coragem nem de abrir a porta, seus covardes?

Como se estivesse pronto para fazer entrar uma belezoca tipo Letícia Spiller, estiquei teatralmente o braço e abri a porta do quarto.

E fiquei olhando aquela coisa nojenta à minha frente, sem poder acreditar.

Era, para minha absoluta surpresa, um fantasma. Ou pior, *outro* fantasma.

E lá se foi a calça de meu pijama especialmente comprado para aquelas férias. Molhada.

— Mas o que é isso, droga? — berrou Marcelão, lá do fundo do quarto. — Será que este hotel só hospeda fantasmas e múmias?!

Eu nunca consegui descobrir de onde Marcelão tirava tantas bravatas nos piores momentos, mas sabia respeitá-lo por isso, de forma que corri até onde ele estava e me escondi atrás daquela montanha de banhas. Ele era tão grande, que dava folgado para ser usado como esconderijo, tanto por mim como por Feijão, e foi o que fizemos. Só que o desgraçado foi andando na direção do fantasma, nos obrigando igualmente a avançar, enquanto gritava:

— Não queremos você por aqui, ouviu? Vai dando o fora! Fora daqui!

E o mal-educado do Marcelão bateu a porta na cara do fantasma.

— Era só o que faltava! — disse, virando-se para nós. — A gente paga por um hotel e só tem amolação!

— Nossos pais é que pagam, Marcelão — corrigiu Feijão, apegando-se a um detalhe inteiramente fora de hora.

— E daí? O prejuízo é de toda a família! Puxa, a gente nem pode aproveitar as férias, pois logo vem um fantas...

Ele parou de falar, boquiaberto. Vimos Marcelão ficar pálido, dobrar os imensos joelhos e finalmente se esborrachar no chão. Corremos para ajudá-lo, mas quem disse que dois frangotes raquíticos conseguem levantar um elefante?

— Caramba, esse bicho pesa uma tonelada! — reclamou Feijão, sentando logo na minha cama.

— Sua cama é aquela do outro lado, Feijão — eu disse, ciumento que sou de minhas coisas. Ademais, ele também estava molhado.

— Podemos trocar de lugar.

— Uma ova! Desde que chegamos que estou reparando como anda de olho na minha cama!

— Deixa de ser pentelho, Filé! Que cara mais chato! O que há nesta cama para ser tão especial assim, hem? Algum retrato da Sharon Stone debaixo do colchão?

— A cama é minha, droga! Eu a escolhi e...

— Mas que diabo, vão me ajudar ou não, droga?!

Havíamos nos esquecido inteiramente de Marcelão, que agora tentava se levantar.

— Puxa, cara, o que houve com você? — perguntou Feijão, agarrando Rolha pela mão e fazendo força para erguê-lo. — Desmaiou, foi? — e para mim: — Mas que porcaria, Filé! Será que dá para me ajudar?

O jeito foi arrastar Marcelão até a beirada da minha cama, infelizmente a que estava mais próxima, e só mesmo a escalando foi que ele conseguiu se levantar.

— Agora pode sair de minha cama, Marcelão — eu disse, pois fazia exigências a meus amigos com absoluta igualdade.

— Me deixa respirar um pouco, cara!

— Pode respirar à vontade em sua própria cama. — Então Marcelão se mexeu, injuriado, e o estrado da cama rangeu perigosamente. Fiquei uma arara e gritei: — Droga, vai acabar quebrando minha cama, Rolha!

— Não sou tão gordo assim — Marcelão me lançou um olhar tão ofendido, que comecei a sentir remorso. Mas logo-logo voltei a odiá-lo, pois o panaca começou a pular sobre o colchão, dizendo: — Olha só, seu egoísta! Está vendo? Ela não quebr...

Créééc!

Fiquei olhando a cama dividida em duas, sem poder acreditar que o gordo a havia mesmo arrebentado.

— Você hoje vai dormir no chão, gorducho — eu disse, com tamanha calma, que cheguei a pensar que alguém tivesse dito aquilo por mim.

Foi então que ouvimos novas batidas na porta.

— Ninguém abre! — berrou Marcelão, apavorado. — É o fantasma de novo!

— Ué, não foi você quem conversou agorinha mesmo com ele? — gozou Feijão.

— Puxa, nem reparei direito o que estava fazendo... Só depois percebi que era realmente um fantasma!

— Vamos ficar quietos. Quem sabe ele não desiste e vai embora?

Eu não estava entendendo toda aquela burocracia do fantasma para entrar em nosso quarto. Vampiros é que precisam ser convidados, e eu nunca tinha ouvido falar de um fantasma tão educado como aquele. Quer dizer, só de um.

— Está me parecendo que é parente do Gasparzinho — eu disse, mas eles não entenderam nada. Ainda tentei explicar: — O Gasparzinho, gente... aquele fantasminha tímido!

— Deco! Quer abrir a porta?

Desta vez, claro, era mesmo a pestinha.

.9.

Amanda nos surpreendeu, ao dizer:

— Pois é, suas antas, já sei quem era o morto.

Cercamos a pestinha como se ela fosse nos oferecer algum sorvete, e Marcelão me matou de raiva com o olhar de idolatria que lançou sobre ela.

— Como conseguiu isso, Amandinha? — perguntou.

— Ora, perguntei a Peter Cushing.

Fiquei um bocado chateado por ela não o ter chamado de Karloff, mas o jeitinho dela dizer aquilo, com tamanho tripúdio, também contribuiu. Droga, já não tínhamos perguntado ao panaca, sem qualquer êxito? Por que então o cretinóide foi responder justo à única debilóide da turma?

— Ele se chamava Garcia e era hóspede do hotel. Era a primeira vez que se hospedava aqui e dizia ser advogado, mas Cushing tem suas dúvidas.

— Ah, é? Mas que grande detetive é esse *Cushing*, hem? — esbravejei, mas reconheço que andava meio despeitado. — E por que ele tem dúvidas?

— As mãos do sujeito eram grossas e calosas.

Está bem, tive o que merecia.

— Já ouviram falar da lenda deste hotel?

Claro que não tínhamos ouvido. Então ela nos repassou o que Karloff tinha lhe contado. Fazia alguns anos que certas coisas estranhas vinham ocorrendo no hotel, e quatro hóspedes já tinham morrido desde então. Ninguém sabia o que era, mas desconfiavam que havia um fantasma metido na história. Pelo menos *parecia* um fantasma. A única coisa que sabiam era que certos objetos começavam de repente a voar e se espatifavam no chão ou nas paredes.

— E as mortes? — perguntou Marcelão, curioso. — Ninguém viu as pessoas morrendo?

— Ninguém. Quando foram encontradas, já estavam mortas, e teve uma que já estava até fedendo. Só por isso a encontraram, pois estava no fundo do poço que havia atrás do hotel.

— *Havia*? — indaguei. — Não existe mais?

— E quem ia usar aquele poço depois de saber que um cadáver boiara nele por tanto tempo, seu babaca? Continua a mesma anta de sempre, não é, Deco?

Só não matei a pestinha naquele momento porque queria ouvir toda a história.

— Desembucha — eu disse. — O que mais Karloff contou?

— *Cushing* não contou mais nada. É tudo o que ele sabe. Ah, sim, todos tinham a garganta cortada.

— *Arrggg*! — exclamou Feijão, esfregando o pescoço.

— É, parece que há um padrão, mas é muito pouco — comentou Marcelão, pensativo. De repente, perguntou: — O que nós temos até agora? — e, antes que respondêssemos, continuou: — Temos alguma coisa parecida com um fantasma, não, dois fantasmas, um sujeito encontrado...

— *Dois?!* — espantou-se a maninha.

— Vimos mais um, aqui no quarto — explicou Marcelão.

— No corredor, Rolha — Feijão voltou a corrigi-lo. — Ele nem chegou a entrar, lembra-se que bateu a...

— Ah, não enche! Quer me deixar raciocinar, Feijão? O que eu estava mesmo dizendo?

— Estava explicando o que temos até agora — ajudou Amanda.

— Pois é, temos até agora dois fantasmas, mais um sujeito que foi encontrado morto na piscina, que ainda é um mistério, objetos se movendo, além de outros três mortos, todos com a garganta cortada. Qual a conclusão?

— Qual a conclusão? — repeti.

Marcelão me olhou com cara de deboche.

— Nenhuma conclusão, pelo menos por enquanto.

— Puxa, Rolha, você é mesmo inteligente! — disse Feijão, e esbravejou: — Droga, isso todos sabemos! Não tem nada mais original para nos contar, cara?

— Sou um gênio, mas não sou santo para fazer milagre. O que acha que...

Naquele instante a porta começou a sacudir com tanta violência que quase saltou fora das dobradiças, e as camas estremeciam, como se em cada uma houvesse um bando de fantasmas com malária. Em seguida, o espelho da parede espatifou-se, lançando uma chuva de estilhaços sobre a mesinha onde Marcelão tinha acomodado uma batelada de romances de bolso.

— Ai, Jesus-maria-josé... — gemeu Amanda, agarrando firme minha mão: nessas horas de medo não havia Marcelão, papai ou mamãe, mas apenas o irmão-herói em quem confiar. Em vez de me sentir envaidecido, achava isso uma amolação.

A porta do armário foi escancarada bruscamente e as roupas que havíamos jogado lá dentro saíram voando, espalhando-se por todo o quarto. Eu, que já estava molhado desde que o *outro* fantasma batera na porta, repeti a humilhação ao ouvir um tremendo estrondo e ver a porta do quarto finalmente soltar-se das dobradiças e ser arremessada contra a janela, atravessando-a, para em seguida sumir na escuridão da noite. Graças a Deus, ou à hora adiantada, nossos pais dormiam.

O cheiro de podridão era insuportável, cara. Maligno. Foi duro a gente decidir se tapava o nariz ou se fugia dali, mas acabamos fazendo as duas coisas ao mesmo tempo.

.10.

Nossos pais ficaram possessos, certos de que havíamos aprontado alguma barbaridade. Uma briga, provavelmente, ou algo muito pior, disseram, capaz de causar toda aquela desarrumação e arrancar uma porta que, como animais, ainda havíamos jogado pela janela. Meus pais, em especial, queriam saber como Amanda saíra do quarto conjugado ao deles e fora parar no nosso. Nunca vi aqueles três casais tão unidos em torno da mesma intenção de nos arrancar a pele, mas acho que era também receio do que o Karloff poderia pensar quando visse o estrago. E quando ele surgiu, arrastando os chinelos e enfiado num camisolão que fez Feijão cair na gargalhada, complicando ainda mais nossa situação, seu Arquimedes imediatamente disse:

— Por favor, não se preocupe, vamos arcar com todos os prejuízos.

— O senhor pode arcar, se quiser — disse Marcelão. — Mas papai não vai pagar por uma coisa que eu não fiz!

Seu Arquimedes olhou para Marcelão como se ele não passasse de um verme, aliás muito bem alimentado.

— Seu filho é um cara-de-pau, Aníbal — comentou.

— Então eu também sou, papai, porque não tenho nada a ver com o que aconteceu no quarto. — Feijão, como sempre, foi de uma dignidade maravilhosa, mas desgraçadamente nos obrigou a entrar também na conversa.

— Também sou cara-de-pau — completei, sentindo um friozinho na barriga.

— Eu também.

Mamãe fitou minha irmã, incrédula.

— Até você ficou malcriada, filhinha?!

Karloff, que até então limitara-se a ouvir, observando o estrago no quarto com uma expressão que me pareceu no mínimo suspeita, finalmente resolveu falar:

— Não se preocupem. Acho que as crianças estão dizendo a verdade.

— *O QUÊ?!* — exclamaram nossos pais ao mesmo tempo.

— Criança não mente — foi a jóia que Karloff jogou para cima deles, mas para nós estava claro que ele só queria defender *o segredo.*

Só que os velhos não caíram muito naquela conversa, e, aqui entre nós, realmente é difícil um adulto entender qualquer inesperada benevolência. Mas tudo ficou por isso mesmo, ainda mais quando compreenderam que não precisariam pagar os prejuízos.

No entanto, ainda era preciso mudar de quarto, e tratamos de recolher as roupas espalhadas. Eu podia ver Karloff olhando inquieto para os lados, confirmando nossa impressão de que a bagunça não fora novidade para ele. Embora se esforçasse em dissimular, parecia apavorado. "Esse sujeito sabe mais do que contou a Amanda", pensei, e senti novamente um frio na barriga.

Mas quando começamos a carregar nossas coisas para o novo quarto, fui agarrado pela nuca, enquanto uma voz de taquara rachada sussurrava em meu ouvido:

— VOCÊS PRECISAM NOS AJUDAR...

Assustado, dei um pulo tão grande, que saí catando cavaco até quase esbarrar em Marcelão. Tive vontade de esganar aquele desgraçado do Karloff, mas, ao olhar para trás, vi que ele não estava mais lá.

Só então, sentindo minha nuca se arrepiar, reparei que ele encabeçava nosso grupo, indicando lá na frente qual o quarto que passaríamos a ocupar.

Certo. Ele saíra na frente, portanto só podia estar encabeçando a turma. Muito lógico. Então, quem tinha sussurrado em meu ouvido?

.11.

O dia amanheceu nublado, com uma chuva fininha caindo sobre o hotel, escorrendo pelos telhados e janelas com uma lentidão que tornava tudo triste e sombrio. Fazia um frio bárbaro, e ninguém tinha vontade de sair da cama, nem para uma corrida até o banheiro, mesmo enrolado no cobertor.

— Caramba, a esta hora Nova Almeida deve estar com um sol lindo! — suspirei de saudade.

— Ai, nem me lembre uma coisa dessa — gemeu Marcelão.

Mamãe tinha batido em nossa porta cinco minutos atrás, chamando para o café, mas começaram a bater novamente, e uma voz rouca gritou:

— Ei, garotos, fora da cama!

— É papai — disse Feijão, ainda debaixo do cobertor. — A voz dele fica assim, enquanto não engole uma xícara de café.

— Já estamos indo para o refeitório! — voltou a dizer aquela voz que parecia impossível ser a de seu Arquimedes. — Não sejam tão molengas!

— Ai, meu Deus, quando é que vou ser adulto para levantar só quando quiser?

Acabamos chegando ao refeitório quando nossos pais já terminavam o café da manhã, inclusive a maninha, que nos recebeu com um olhar de profundo desprezo por nossa moleza.

— Não demorem muito, meninos, que os garçons estão impacientes — avisou dona Rosalinda, quando nossos pais se levantaram e saíram do refeitório.

Estávamos acostumados com o jeito de Marcelão liquidar um *banana split* ou um bolo inteiro, mas perdemos um tempão admirando seu desempenho matinal, até então uma cena inédita para nós: o gordo espalhou um vidro quase inteiro de geléia de goiaba sobre cinco fatias de pão de fôrma, preparou um sanduíche de pão francês com presunto e queijo, tudo isso enquanto devorava três fatias de melancia e duas de melão, atacando em seguida um prato cheio de ovos e bacon como acompanhamento do café. Olhando a devastação que o gorducho provocava na despensa do hotel, quase que dava para perder a própria fome.

Quando finalmente deixamos o refeitório, sob o olhar de profundo respeito dos garçons por Marcelão, decidimos que teríamos de enfrentar aquela manhã chuvosa com mais uma reunião sobre os fantasmas. Mas não queríamos nem pensar naquele quarto de quinquilharias lá em cima e fomos para o salão de jogos, onde as coisas pareciam mais inocentes e familiares. Não era um salão muito grande, e os jogos estavam limitados a sinuca, totó e pingue-pongue; do outro lado ficava a pista de dança, onde, provavelmente em outros tempos, velhos casais arrastavam os pés ao som de valsas antigas. Foi lá que resolvemos fazer nossa reunião.

— Tem uma coisa que anda me encucando — disse Marcelão, logo que juntamos as cadeiras em círculo. — Não sei até que ponto pode nos ajudar, mas não consigo deixar de pensar nela.

— E o que é? — indagou Amanda.

— Aquele segundo fantasma. Não sei, mas alguma coisa nele estava errada.

— Como assim?

— Bem... — Marcelão coçou a cabeça, parecendo incerto sobre o que tinha a dizer. — É difícil de explicar, parece mais uma sensação... Mas não entendo, ele parecia tímido... — ele se calou, e eu pensei: "Ó, seu cretino, e não é exatamente assim que Gasparzinho age?" — Puxa, não consigo entender por que ele bateu na porta, se os fantasmas não precisam fazer isso.

— E daí?

Rolha olhou Feijão visivelmente sem uma resposta, e eu achei que ele estava só tateando, procurando alguma coisa à qual se agarrar. A droga era que ninguém mais parecia se lembrar que eu o comparara a Gasparzinho.

— Como ele era?

Olhamos Amanda com a mesma motivação: de fato, como ele era? Eu não tinha muita certeza, afinal estava atrás do gordo, apavorado e todo molhado. Feijão também. Só mesmo Marcelão podia nos dizer alguma coisa, mas ele ficou calado, pensando, e pelo jeito não tinha também a mínima idéia de como era aquele segundo fantasma, o *meu* Gasparzinho.

— Essa não! — exclamou a pestinha, espantada. — Não sabem?!

— E aí, Tampa-de-tonel? — perguntou Feijão, com um sorriso descarado. — Foi você quem viu melhor, quando bateu educadamente a porta na cara dele!

— Acho... acho que parecia... acho... — finalmente ele nos saiu com a maior besteira do mundo: — Gozado, ele parecia uma criança!

— Ah, sem essa, Rolha!

— Está bem, não tenho certeza — ele acabou confessando. — Mas vamos supor que seja mesmo uma criança. Podia ser um anão, porque era do meu tamanho, disso eu me lembro muito bem, mas vamos supor que seja mesmo o fantasma de uma criança, certo? E faz sentido, se quisermos explicar por que ele bateu na porta em vez de simplesmente surgir no quarto. Uma criança faria isso. Uma criança *educada*.

— Tudo bem, e daí?

— E daí que pode ser o filho do outro fantasma!

— Ah, é? E que diferença faz se é esposa, prima ou filho daquele monstro? Continuam sendo dois fantasmas contra a gente, não é?

— Feijão está certo, Rolha — eu queria chegar logo aos finalmentes.

Marcelão agitou os punhos no ar e gemeu de impaciência.

— Mas não é possível que nunca entendam nada! — Virou-se para minha irmã e disse: — Amandinha, você é muito mais inteligente que estas duas antas, então explica para eles qual a importância de ser o filho daquele fantasma.

Sorri, achando graça na presunção do gordo.

— É só a gente descobrir qual família por aqui perdeu pai e filho de uma só vez.

Eu e Feijão literalmente deixamos cair o queixo, de espanto e despeito. Como não percebemos logo uma coisa tão óbvia?! Pior: como a pestinha descobriu antes da gente?

— Viram? Moral da história: uma menina de nove anos, mas inteligente, usa melhor a cuca que dois galalaus, porém burros! — Ele foi até Amanda e a abraçou, na realidade quase a esmagando entre as banhas. — Oh, que menina maravilhosa, meu Deus! Não sei como aturamos a companhia desses debilóides.

— Temos um coração generoso, meu gênio.

— Ei, ei, parem com isso! Até parece que descobriram alguma coisa genial! Pois continuo perguntando: e daí? Descobrimos quem são, mas, e depois? Vamos mandar uma carta para os dois? Ah, quem sabe a gente pode telefonar? Pode ser que a família tenha o número, mas posso adiantar que não é costume instalarem telefone em túmulo.

— Feijão está certo, Rolha — eu disse, achando que já conhecia a frase.

— Ai, meu Deus, esses caras são mesmo umas antas! — esbravejou Marcelão, simulando socar a própria testa. De repente, soltou um profundo suspiro, fazendo o maior drama para mostrar como se esforçava para ser paciente. — Está bem, vou tentar explicar. Já ouviram falar de psicologia transcendental? — para mim, aquilo soava como produto dentário, mas, então, o cretino teve a petulância de dizer: — Eu também nunca ouvi falar, estou inventando agora, para que entendam o que quero dizer. Significa mais ou menos a gente conhecer os fantasmas, saber o que foram quando vivos, para podermos conversar em pé de igualdade com eles. Entenderam?

Tínhamos de reconhecer que ele fora surpreendentemente claro.

— Pois é isso aí, panacas. Vamos procurar por toda a cidade quem foram esses fantasmas, quem sabe a gente até descobre alguma coisa que os mantenha longe da gente. O que acham?

— Está chovendo — disse Amanda.

— Sabemos que está! — revidei, ainda injuriado com ela por ter entendido primeiro a idéia de Marcelão. — E por acaso você é feita de papel, princesa?

— Mamãe acha que somos.

Aquilo nos fez lembrar dos adultos e de certas regras que só valiam para os filhos.

— Pois não vou ficar com esse fantasma me assombrando só porque não pára de chover! — revoltou-se Feijão. — É só ninguém perceber que estamos andando por aí na chuva. Depois a gente dá um jeito de trocar de roupa sem que ninguém veja.

Feijão sabia ser convincente quando queria.

.12.

Depois que Marcelão sumiu com Amanda no quintal de uma das casas, fiquei preocupado. Será que aquele molóide cuidaria direito de minha irmã? Não que estivesse muito preocupado com a pestinha, só estava prevendo o que aconteceria *comigo* caso ela desaparecesse, por exemplo, e mamãe conseguisse colocar as mãos em cima de mim. Seria uma covardia sem tamanho.

— E aí? — perguntou Feijão. — Por onde começamos?

— Pela igreja.

Escolhi a igreja pensando em pedir à santa padroeira de Rincocó que protegesse a bruxinha, mas nem me passou pela cabeça haver por ali algum padre. Havia: um velhinho com cara de autor da Bíblia, tão curvado que parecia apaixonado pelos próprios pés. Fiquei olhando para ele, achando que estava de gozação com a gente, mas só depois de Feijão ter repetido três vezes um sonoro "bom-dia" foi que entendi para que servia aquela espécie de corneta que segurava junto ao ouvido: o velho era surdo como uma porta. Era só o que nos faltava, um padre tão surdo quanto os pais, quando não querem responder a uma pergunta. Bolas, se ele mal conseguia ouvir uma inusitada demonstração de boa educação por parte de Feijão, como ia entender nosso delicado problema? Em todo caso, tentei:

— O senhor sabe de algum pai e filho que tenham morrido juntos aqui na cidade?

— Por que quer saber minha idade, filho?

Oh, meu bom Deus, me ajude!

— Padre, queremos saber se conhece alguma família que tenha perdido um homem e uma criança. — Feijão gritou dentro daquela corneta, mas, pela cara do padre, logo vi que o grito lhe chegava de uma distância de vários quilômetros.

— De que aliança está falando?

Assim era impossível. Pelo jeito, o velho padre só captava a última palavra, não importando quantas a gente dissesse. Ou melhor, entendia uma coisa, enquanto a gente dizia outra.

— Tenho uma idéia, Feijão — eu disse. — Vamos ter de arrancar as coisas deste padre aos poucos.

— Não entendi.

— O que disse? — perguntou o padre, aproximando aquela corneta.

— Eu disse que *besunta*! — berrei.

— Uma pergunta? Ah, tem uma pergunta?

Sacudi a cabeça, concordando, e meu coração disparou: será que minha idéia continuaria dando certo?

— O que deseja?

— *Beber!*

— Comer? Está com fome?

Calma, Filé, tenha paciência com o velho. Sacudi a cabeça, negando.

— O que é, então?

— *Haver!*

— Ah, saber. Deseja saber alguma coisa, meu filho?

Concordei.

— *O pai é ateu?*

— Se o pai morreu? — indagou o padre, virando-se para mim com esforço. — Que pai? Muitos morreram e...

Interrompi o padre, antes que fizesse outra pergunta e embananasse tudo:

— *Ateu com o milho!*

Ele ficou me olhando, querendo entender, e eu quase o beijei pela boa vontade.

— Morreu com o filho? É isso? — concordei, aliviado. — Quer saber que pai morreu junto com o filho?

Quando tornei a concordar, ele ficou tão feliz de termos nos entendido, que soltou uma risada de pura satisfação. Provavelmente aquilo era uma façanha, e tive pena de seus paroquianos. Será que haviam encontrado também alguma forma de conversar com o padre? Puxa, uma confissão com ele devia ser fogo!

O padre, enquanto isso, parecia procurar a resposta no fundo de sua memória, que devia ser vasta e repleta de recantos esquecidos como um poço sem fundo, e ficamos aguardando pacientemente. Feijão não tirava os olhos de mim, maravilhado com minha engenhosidade. Para ser franco, eu também estava maravilhado comigo mesmo, impressionado com esse meu lado incrível que tornava tudo possível. Sem dúvida não era meu lado Filé, mas o de "André-das-arábias" quem conseguia isso, e era por essas coisas que até mesmo a pestinha, às vezes, gostava de me chamar assim. Mas gosto também de ser chamado de "André, o tal". Orgulhoso, gritei:

— *Eu sou André-das-arábias, o herói sem falhas!*

O padre deu um pulo, descabido para alguém com aquela idade.

— Como é que você sabe? — perguntou, parecendo perplexo.

— Ora, padre, como eu não ia saber que sou André-das-arábias?

Ele aproximou a corneta e eu entendi que era para repetir, mas ele disse:

— Como sabe que foram os Navalhas?

Eu não sabia.

— *Das arábias*? — indaguei.

— Sim, os Navalhas. Na realidade, era a família Bataglia, mas como nela só tinha gente muito ruim, eram mais conhecidos como Navalhas. Por causa do jeito como matavam os inimigos, usando sempre uma navalha para cortar a garganta ou os... os... bem, não vale a pena falar dessas coisas. Sim, apanharam o velho Bertolo Navalha e seu filho Giuseppe. Pobre garoto, era o único que se salvava naquela família! Pobre menino, devia ter a idade de vocês.

— *Foram assassinados*? — perguntei, mas já sabia que sim.

— Isso, isso! Foram justiçados! Bem, pelo menos era o que dizia Tonino, o último que restou dos Navalhas, mas esse fugiu da região e nunca mais foi visto. O fato é que os corpos de Bertolo e seu filho jamais foram encontrados — o padre parou de falar, subitamente preocupado. — Por que estão interessados nesta história? — eu já sabia que tinha de acontecer, era típico dos adultos estranharem crianças interessadas em assassinatos. — Como ficaram sabendo dos Navalhas?

Eu estava tão desarvorado com a descoberta da identidade dos fantasmas, e tão desinteressado em dar explicações ao padre, que cometi uma verdadeira barbaridade: saí correndo da igreja, seguido por Feijão, deixando o pobre velho sozinho com suas dúvidas e, quem sabe, cheio de remorso por ter revelado a duas crianças uma história tão escabrosa.

.13.

O encontro com Marcelão e a pestinha estava marcado para a varanda do Imperador, mas quando chegamos lá os dois ainda não haviam retornado. A chuva havia parado, e a única coisa a fazer era esperar. Como eu já queria tudo resolvido quando os panacas aparecessem, fui logo atiçando Feijão:

— Puxa, então o segundo fantasma é mesmo uma criança!

— Droga, mais uma vez o Rolha estava certo!

— Ele pode ter acertado, mas duvido que tenha conseguido as mesmas informações que nós — vi os olhos de Feijão brilharem e arrematei: — Ele e a Amanda vão ficar tiriricas quando contarmos minha descoberta!

— *Sua!?* Não se enxerga, não, Filé?

— Se faz tanta questão, está bem, divido a descoberta com você — eu não ia brigar por um detalhe insignificante como aquele. — Que coisa mais mesquinha, Feijão!

— Eu te conheço, Filé. Só não inventou a Teoria da Evolução porque a professora disse para todo mundo que foi Darwin! Hehe, com você não se pode facilitar!

— Nunca pensei em ouvir uma barbaridade dessas, logo de um amigo — queixei-me, mas se ele bobeasse, levava um belo pontapé no traseiro.

Foi então que vimos os panacas chegando, ou melhor, se arrastando, e alguma coisa estava errada. Marcelão vinha com as pernas meio abertas, e o pior logo me passou pela cabeça. Precavido, tratei de tampar o nariz. Os lindos cabelos da pestinha — incrível, mas ela realmente os tinha — já não pareciam encaracolados e fartos, mas colados à cabeça e encharcados.

— Onde aqueles dois se meteram? — perguntou Feijão, como se eu soubesse.

Mais de perto, percebemos que havia uma verdadeira variedade de verduras espalhada pela roupa dos dois, como se, ao invés de procurarem notícias dos Navalhas, tivessem resolvido cantar para os habitantes de Rincocó com suas vozes de jegue saudoso.

— Santo Deus, o que aconteceu? Resolveram passear em algum chiqueiro?

— Esta droga de vila não sabe o que é hospitalidade — declarou Marcelão, cuspindo um pedaço de tomate.

— Ai, droga, que raiva! — exclamou a pestinha.

Não era para menos: estavam um lixo.

— Jogaram água imunda em cima da gente, Deco!

— Aquela velha deve ter um mercado só de verduras estragadas para espantar os intrusos — disse Marcelão. — Nunca levei tanto tomate e pepino na cabeça!

Eu e Feijão começamos a rir, sabendo que era só o começo — eles que esperassem para ouvir nossas gargalhadas depois que contássemos as novidades. A baixinha ficou tão irritada, que acabou acertando minha canela com um pontapé, me deixando numa de saci-pererê. E mesmo assim eu só conseguia rir, embora Feijão risse ainda mais escandalosamente, até que a pestinha foi lá e o acertou também. Aí, sim, tivemos um legítimo exemplar de saci nos rodeando, e ainda assim não pudemos deixar de rir diante de tudo que estava acontecendo. Quando Marcelão e Amanda chegaram à mesma conclusão, vi-

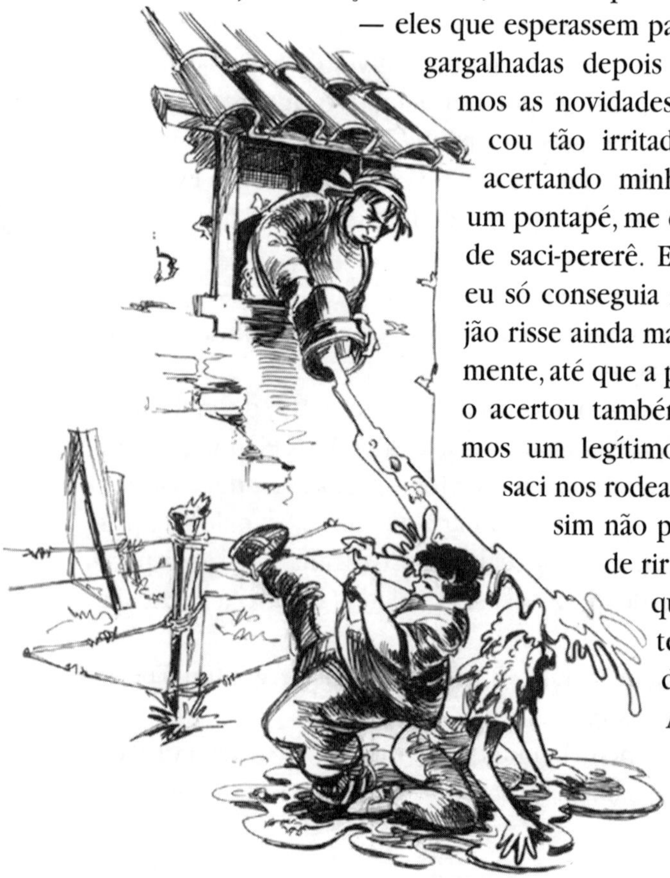

raram as costas e foram caminhando para a porta do hotel. Uma retirada tão desonrosa como aquela acabou contendo meu acesso de riso e gritei para os dois fugitivos:

— Não conseguiram nada?

Os dois pararam, mas não se viraram, e pensei escutar Marcelão contando o tempo que sua fúria estava gastando para desaparecer. Feijão deu a porrada final:

— Mas o que aconteceu com os dois gênios de coração generoso? Não descobriram nenhuma novidade? Nem uma única coisinha? Nadinha?

Eu podia ver as imensas costas do gorducho subindo e descendo, mas podia jurar que não era de riso. Então ele se virou, e eu pensei: "Agora ele vai explodir de raiva e nos soterrar com o que sobrar de toda essa banha".

— Está bem, já vi que os panacas conseguiram alguma coisa — ele disse, e agora o cretino sorria. Eu queria que ele espumasse, batesse com a cabeça no chão, gritasse, desse socos na parede, mas o cretino sorria, satisfeito apenas em saber que havíamos avançado mais um pouco em nossa investigação. Aquele gordo não era deste mundo, não do meu. — Conseguiram, não foi?

— Puxa, você é mesmo esperto, hem, Rolha?

— Desembucha, Filé.

— Hã-hã, antes você vai explicar por que os dois espertinhos estão fantasiados de horta.

Primeiro ele fitou Amanda, que sorriu sem graça, e só então concordou:

— Está certo, vocês merecem. O problema foi que demos logo de cara com uma velha sem educação.

— Pelo que estou vendo, não foi só de cara — comentou Feijão, soltando uma risadinha descaradérrima.

— Você é muito engraçado, Cara-de-carvão.

— Ela é uma grossa — Amanda sempre foi contundente em suas opiniões.

— Pois é, e nós não fizemos nada, só perguntamos se conhecia algum pai que tivesse morrido junto com o filho. A desgraça foi termos perguntado justamente quando a velha levava comida para os porcos. Santo Deus, não sei por que ela ficou furiosa, mas começou a gastar com a gente toda aquela fartura e...

— Quando os porcos viram onde ela jogava a comida — interferiu Amanda —, saíram correndo atrás de nós! Aquela bruxa devia ter uns cinco porcos!

— Os miseráveis por pouco não me deram uma dentada na coxa!

Recomecei a rir, mas Feijão disse:

— Ora, estão reclamando de quê? Agora que já fizeram a feira, é só ir até a cozinha e combinar o almoço com o *maître*! — ele abusou do francês, fazendo um biquinho para carregar forte no *r*.

— Excelente idéia, Feijão! — e Rolha fez uma careta de esfomeado. — Com tudo que trouxemos, tenho certeza de que você vai dar uma ótima feijoada!

Foi aí que a grande farra começou mesmo, com eles correndo atrás do Feijão na maior gozação, fingindo que queriam devorá-lo, enquanto eu escandalizava os poucos hóspedes na varanda com minhas gargalhadas exageradas.

Claro, até ouvirmos nossos pais iniciando a maior bronca.

.14.

Àquela noite estávamos devidamente preparados para o caso de os fantasmas aparecerem, e até nos sentíamos meio heróis, mas não foi bem assim que aconteceu. Bem, conversávamos em nossas camas sobre o delegado Josias.

(*— O panaca deve estar pensando que foi algum ladrão!*

— Coitado, não sabe de nada!

— Também, para ser delegado neste fim de mundo, tá na cara que é o maior panaca!)

Eu até sentia um pouquinho de pena dele, que tinha a obrigação de seguir uma lei que não previa crimes sobrenaturais, quando *aquilo* aconteceu.

Marcelão foi jogado — com todo aquele peso — diretamente no chão, e sem qualquer aviso.

— *Aiii!*

Feijão foi quem melhor assistiu ao vôo do Rolha, pois as banhas passaram por cima dele, enquanto eu só cheguei mesmo a olhar quando ouvi o grito de dor. E não entendi nada do que vi.

— O que foi, Rolha? — perguntei, espantado. — Não está gostando da cama ou...

Alguma coisa me agarrou pelos fundilhos e fui arremessado para fora da cama, aterrissando ao lado de Marcelão. Doeu demais, mas não tive tempo para gritar, pois Feijão, logo em seguida, despencou sobre minha barriga. Estávamos tentando pôr a culpa uns nos outros, ainda sem entender o que havia acontecido, quando o fantasma surgiu na porta do quarto, imeeenso, giganteeesco, furioooso.

— É ele! — berrou Feijão, naquele momento da cor de café-com-leite.

E nosso novo quarto começou a ser desfigurado do mesmo jeito que o antigo, e eu pensei, antes de as coisas ficarem mesmo ruins: "Como vamos explicar outra bagunça?".

Minha cama e a do Rolha racharam ao meio, enquanto nossos lençóis se rasgavam. Todas as roupas do armário foram espalhadas pelos quatro cantos, e então — *Oh, droga, de novo, não!* — a porta do quarto explodiu com um estrondo, que certamente foi ouvido em cada recanto de Rincocó.

Mas o tal que um dia já fora Bertolo Navalha ainda não estava satisfeito. De repente, na maior covardia, brandiu uma brilhante navalha, evidentemente com péssimas intenções.

— Acho que ele pretende fazer nossa barba — disse Feijão.

— Mas eu nem barba tenho! — gemi. — Puxa, sou apenas um garoto, não tenho nem espinhas!

Bertolo Navalha, pelo visto, não estava nem um pouco preocupado com nossa fase pré-puberdade — para ser franco, acho que só queria nosso sangue —, e se aproximou de Rolha, que devia ser o alvo que mais chamava a atenção, graças a Deus. Mas ele parou, com os olhos — *que olhos, se ali só havia buracos?* — fixos em Marcelão, e eu pensei que fosse apenas curiosidade pela tremedeira incontrolável de todas aquelas banhas. Então, droga, ele virou-se para mim, soltando um urro formidável, e mais uma vez me molhei todo. Eu já devia estar me acostumando com aquele tipo de vexame, pois tratei apenas de colocar Feijão na minha frente. Ele ficou tiririca ao perceber que servia de escudo e lutou para sair dali, mas eu o segurei firme pela cintura, disposto a manter minha nova posição nem que fosse no sopapo. Para meu espanto, Feijão começou a rir e a se contorcer.

— Ainda bem que está se divertindo — eu disse, com a consciência aliviada.

— Está... me... fazendo cócegas!

O fantasma passou por Marcelão, desprezando todas aquelas banhas de garoto superalimentado, e veio direto em cima de minha ridícula subnutrição, fazendo a navalha emitir brilhos sob a luz da única lâmpada do quarto. Eu não sabia por que toda aquela obsessão por mim, e nem estava disposto a perguntar, portanto empurrei Feijão contra o fantasma e saí correndo, aplicando um drible de corpo naquela infeliz alma penada, que, aliás, devia estar descansando em paz em sua cova, em vez de estar ali nos assombrando. Meu maior problema era sair do quarto, pois tinha de passar por cima de Marcelão, que continuava deitado feito um leão-marinho. E foi só pisar sobre aquela barrigona e o cretino se agarrou à minha perna, como se eu tivesse força suficiente para arrastá-lo para fora do quarto.

— *Me solta, Rolha!* — gritei, apavorado. Será que não entendiam que o tal Navalha só estava atrás de mim?! — *Me larga, desgraçado!*

Olhei para trás, querendo saber o que estava fazendo meu perseguidor, e senti a lâmina afiada da navalha passar a meio centímetro de meu nariz. Fosse eu um pouquinho mais narigudo e teria virado um desnarigado! Meu medo era tamanho, que até tive a impressão de ter arrastado Rolha um tantinho em direção ao corredor, quando vi Feijão vir a toda, louco para se mandar dali. Não pensei duas vezes, certo de que ali estava minha única chance: abri os braços, dobrando-me para fechar o espaço por onde ele pretendia passar, e o recebi em cheio na barriga. Com o impacto, fomos parar lá no corredor, levando Marcelão de carona. Nenhum de nós pretendia que ali fosse nossa parada final e começamos a agir em conjunto para continuar com a fuga, quando avistamos a tropa inimiga chegando.

Karloff vinha à frente de nossos pais no maior desfile de pijamas e camisolas que já vi.

— Sujou — disse Feijão.

Eu tinha certeza de que ele se referia à impossibilidade de explicarmos mais aquela bagunça criada pelo fantasma, embora ainda existisse a possibilidade de ele estar de fato todo sujo desta vez, e não molhado, e rezei para que a presença de Navalhão explicasse que não tínhamos culpa de nada.

— O fantasma está aqui! — gritei, cheio de certeza, e naquele mesmo instante vi a janela do quarto sair voando para o jardim, enquanto aquele exibido do Bertolo Navalha desaparecia bem diante de nossos olhos arregalados. O mal-educado sequer se despediu, mais uma vez nos deixando sozinhos com a difícil tarefa de explicar uma coisa que não tínhamos feito.

— Oh, não! — gemeu Karloff ao ver o estrago.

Nossos pais deram uma olhada rápida no quarto, mas foi o bastante para sabermos que o tempo ia fechar para o nosso lado. Pude até sentir o desejo de nos esganar ficando velho em suas almas. Então eu disse:

— Sei que não vão acreditar, mas foi aquele fantasma de novo.

Àquela altura, eu podia até dizer que me chamava André, que eles não iriam acreditar.

— Meus senhores... minhas senhoras... — começou Karloff, tentando esconder a raiva. — Tenho a leve impressão de que esses meninos estão destruindo o hotel.

— Er... — meu pai bem que tentou dizer alguma coisa, mas o que quer que pretendesse dizer perdeu-se em algum lugar de seu espanto, ou de sua crescente fúria.

— Mais dois dias, e teremos de reconstruir o Imperador — bufou Karloff.

— Não precisa exagerar nossa façanha — comentou Feijão, mas foi esmagado pelo olhar dos velhos, como se fosse um mísero vermezinho querendo se fazer passar por alguma minhoca.

— Como podem se comportar dessa maneira? — indagou minha mãe, sem dúvida perplexa. — Amanda devia ser um exemplo para vocês, tão comportada, tão edu...

Foi interrompida por um berro de arrepiar os cabelos.

Olhamos para o começo do corredor, a tempo de ver a porta do quarto de meus pais ser arrancada das dobradiças, indo se chocar contra a parede oposta do corredor, enquanto uma poeirada dos diabos surgia pelo buraco. Eu pensei: "E agora, mamãe?". Embora o espetáculo das roupas saindo do quarto e enchendo o corredor fosse uma doce vingança, naquele momento, senti o coração apertado e corri para o quarto de meus pais, sabendo que o fantasma havia apanhado minha irmã. Antes que alcançasse o quarto, no entanto, a pestinha surgiu, branca como um lençol, mas logo vi que era só a poeira do reboco da parede que a cobria inteiramente. Amanda se agarrou a mim, gaguejando:

— De-Deco... *E-ele* está lá!

A tropa inimiga passou por nós e foi dar uma espiada, o que não era nada aconselhável para seus corações idosos.

— Esta menina é quem devia dar o exemplo, minha senhora?

Achei o tom da voz de Karloff alto demais para quem se dirigia a uma senhora, mas podia entender suas razões. Àquela altura, mamãe estava chocada, estarrecida, estupefata, pasma, aborrecida e decepcionada.

— Fernando — ela disse a meu pai —, arrume as malas. Vamos voltar para casa.

Evidente que não podíamos deixar aquilo acontecer, não antes de termos resolvido todo aquele mistério dos fantasmas, e contamos com o apoio involuntário de todos aqueles que continuavam com seus quartos impecáveis. Os protestos foram gerais, e mamãe — muito mais do que nós — viu-se como a vilã da história: Sula, a desmancha-prazeres.

— Está bem — ela finalmente capitulou. — Mas se estragarem mais um quarto, vão ver o que acontece!

— Ora, minha senhora, não vai acontecer nada. Talvez eu só tenha de reconstruir o hotel — disse Karloff, com surpreendente senso de humor.

.15.

— Precisamos tomar alguma providência, e bem rápido, ou esse fantasma desgraçado vai arruinar nosso cartaz com os coroas! — disse Marcelão.

— Você ouviu sua mãe nos ameaçar, Filé — reclamou Feijão. — Se você não consegue dominar dona Sulamita, pelo menos devia encontrar uma solução.

— Você vai se dar mal com mamãe se o fantasma estragar mais um quarto — foi a vez de Amanda se meter.

Minha vontade era de mandar todos eles pentearem macacos lá no Zaire, onde existem aqueles vírus que não perdoam. Estávamos na varanda do Imperador, após tomar nosso café da manhã, depois daquela noite maldormida em que tivemos mais uma vez de carregar nossa bagagem para um novo quarto. De onde estávamos, podíamos ver o que sobrara de nossa última janela, que ainda jazia no meio das plantas do jardim frontal, como um sinal de que não fora apenas um pesadelo.

— Continuo encucado com aquele fantasminha — disse Marcelão, olhando pensativo a subida do hotel, por onde um carro se aproximava naquele instante. — Puxa, será que vamos ter mais um hóspede?

Era apenas o delegado Josias.

— Olá, crianças — ele disse, saindo do carro. — Estão se divertindo?

Claro que nem nos preocupamos em responder.

— Por que essas caras de desânimo? — perguntou, desistindo de seguir adiante, só para nos torrar. — Não acredito que estejam achando Rincocó monótona! Já passearam de charrete?

Não, não havíamos passeado de charrete, sua anta. E nem andado a cavalo. Aliás, nem passeado de barco. E quanto à piscina, eu e Feijão já havíamos tomado nosso banho de férias. Satisfeito?

— Será que as crianças da cidade têm medo de cavalo?

Feijão levantou-se, prontinho para fechar o tempo, mas Rolha puxou sua perna, fazendo com que tornasse a se sentar. Já nos bastavam todos aqueles quebra-quebras nos quartos, certo?

— Descobriu alguma coisa sobre o morto na piscina? — indagou Marcelão, e tivemos de nos segurar firme para não rir na cara do panaca.

— Er, bem... — delegado Josias olhou de um lado para o outro, cavucou o chão de brita com a ponta do sapato, visivelmente constrangido. — Bom, não há nada... quer dizer, parece que foi algum vagabundo que passou por aqui sem ser notado... estou investigando — deu um sorriso amarelo, igualzinho ao de Karloff quando viu o novo estrago em nosso segundo quarto. — He-he, as crianças são mesmo curiosas, hem? Adoram um mistério!

— Ah, adoramos um bom trabalho de detetive — Marcelão provocou.

— Aposto como já tem uma teoria — disse o delegado, e também sorriu, achando-se muito esperto.

— Fantasma — respondeu Rolha. — Foi um fantasma que matou o homem.

Marcelão não estava entregando nossa descoberta ao delegado, apenas apostava que ela seria encarada como mais um besteirol de criança, e não deu outra: delegado Josias soltou uma tremenda gargalhada, satisfeito.

— Ai, meu Deus, adoro o jeito como fantasiam tudo! — exclamou o policial, que se afastou, sacudindo a cabeça.

Ficamos vendo como ele subia mais adiante a escadaria que levava à portaria do hotel, aguardando o inevitável tropeção que todo trapalhão acaba dando ao se ver diante de um degrau, e quando ocorreu, Feijão apenas comentou:

— Panaca.

Ao que Amanda complementou:

— Babaca.

Eu:

— É uma anta!

Marcelão:

— Desastrado.

Bom, *desastrado* era comentário de adulto, e fitamos o gorducho como se o considerássemos um verdadeiro traidor. Só que Marcelão já estava voltado para nossos problemas mais urgentes, nem percebeu.

— Tem de haver um motivo para o tal Navalha assustar as pessoas — disse.

— Assustar? — indignou-se Feijão. — Ele faz muito pior do que isto, Rolha! O miserável mata!

Não sei por que, mas até então, apesar daquela navalha passando coladinha a meu nariz, eu só considerava sua presença como assustadora. Aquelas palavras de Feijão nos despertou e nos entreolhamos, subitamente conscientes do enorme perigo que o fantasma representava.

— O filho da mãe é um assassino — Feijão resumiu tudo.

— A criança não é assassina — protestou a pestinha. — Sei que não é!

— Também acho que não — concordou Marcelão, sempre pensativo. — E continuo encucado com ela. O que será que ela queria, quando bateu em nossa porta?

— Está se referindo à primeira ou à segunda porta que tivemos? — perguntou Feijão.

Virei-me azedo para o gordo.

— Acho que você o insultou, batendo daquele jeito a porta na cara dele — disse. — Não precisava ser tão grosso!

— Ah, é? E por que você não o convidou para entrar, em vez de se esconder atrás de mim, hem?

Foi um golpe baixo do gorducho, mas não me intimidei e disse:

— Não mude de assunto!

— Nunca mais vamos ver o coitadinho! — choramingou Amanda.

— Filé está certo, Rolha — apoiou-me Feijão, inesperadamente. — Você foi muito mal-educado. E logo quando precisamos da ajuda dele!

— Parem de implicar com Marcelo! Como é que ele podia saber?

— Claro, estava com tanto medo, que nem percebeu que aquele fantasma era do nosso tamanho! — revidei.

— Pois é, agora nunca mais vamos vê-lo de novo, droga! — lamentou Feijão, dando um pontapé em algum alvo imaginário. De minha parte, achei que ele estava pensando nas gordas nádegas de Marcelão.

— Em seu lugar, Feijão, eu não teria tanta certeza assim — disse o gorducho.

— Para você, isso é muito conveniente, não é, Rolha?

— Eu sei do que estou falando, cara.

Tamanha petulância mexeu comigo. Está certo que o gorducho era superarrogante, mas só quando tinha certeza de alguma coisa, e nós, não. O que não devia ser agora o caso. Ou era?

— Por que tanta certeza, Marcelão? — perguntei, sentindo um friozinho na nuca. — Droga, essa história está me deixando arrepiado!

— Não é a história, sua anta, é o bafo do fantasminha — foi a explicação de Marcelão, por mais absurda que me parecesse.

Bem, de fato, *alguma coisa* estava fungando em meu cangote.

— Diabos, o que...

Virei-me, e comigo viraram-se também Feijão e a pestinha.

— *Aaaaiiii!!!*

O berro de Amanda quase me derrubou de susto, mas a visão do fantasminha bem à minha frente — e há pouco estava bem no meu cangote, lembra-se? — ajudou um bocado a me deixar apavorado. A pestinha se agarrou em meu pescoço, mas Feijão, o covardão, escondeu-se atrás de mim, enquanto Marcelão nos esnobava:

— Calma, não era isso que a gente queria? Não estavam reclamando que ele nunca mais ia aparecer?

Foi então que Feijão voltou a ser aquele que conhecíamos tão bem e esbravejou, indignado:

— Droga, não podia ser mais barulhento na hora de aparecer?! Quer matar a gente de susto, seu Gasparzinho de araque?

O fantasma de Giuseppe Bataglia ficou olhando para ele, e eu tive a maldita impressão de que suas órbitas vazias estavam bem arregaladas, mas minha cabeça devia estar cheia de besteirol, claro. Mas que o coitado não estava entendendo nada, ah, disso eu tinha certeza.

— AJUDEM PAPAI — disse então, e todos recuamos dois passos, arrepiados com aquela voz de taquara rachada.

Apesar do súbito medo, apesar da impossibilidade de estarmos ali conversando com um fantasma, descobri afinal quem me pedira ajuda lá no corredor, na noite passada.

— Ajudar? Como? — perguntou Marcelão.

— É isso aí, cara — disse Feijão, sem sair do lugar. — Nós é que precisamos de ajuda, e não aquele assassino com a navalha!

Foi, no mínimo, de péssimo gosto o jeito como Feijão se referiu ao pai daquele garoto morto há tanto tempo. A figura fantasmagórica, que até então flutuava à nossa frente em ondas translúcidas, que pareciam provocadas pelo calor do asfalto, se ali houvesse asfalto, adquiriu um intenso brilho avermelhado, deixando-me com a impressão absurda de que o fantasminha corava.

— NEM UM ASSASSINO MERECE SOFRER O QUE PAPAI ESTÁ SOFRENDO — o Navalhinha voltou a falar com aquela voz de taquara rachada.

— Com essa voz, já imaginou se ele tivesse de assustar alguém? — sussurrei para Marcelão, embora achasse que Feijão entenderia melhor o que eu queria dizer.

— E como podemos ajudar seu pai? — insistiu o gordo, não me dando a menor atenção.

— ELE PRECISA SER ENTERRADO NO CEMITÉRIO — Gasparzinho suspirou, pelo menos foi o que me pareceu, e completou: — NÓS PRECISAMOS. SÓ ASSIM TEREMOS PAZ.

— Ah, é? E seu pai vai concordar, assim sem mais nem menos, com a maior boa vontade, e sem usar aquela navalha?

Feijão, no meu entender, havia tocado no ponto certo: quem me garantia que aquela navalha não ia ser usada outra vez contra meu lindo narizinho? Aquele projeto de assombração, sem voz e sem tamanho? Eu é que não me arriscaria. Mas Marcelão, o de coração do tamanho do mundo, disse:

— Acho que ajudando seu pai a ficar em paz, estaremos nos ajudando também. Mas meu amigo Feijão tem razão. Será que seu pai não vai partir para cima da gente com aquela navalha?

Seria possível um fantasma ficar sem jeito diante de uma pergunta tão objetiva? Foi o que me pareceu, ao vê-lo abaixar a cabeça e depois olhar para os lados, tentando disfarçar o quanto se sentia atrapalhado. Afinal, disse:

— BEM... VÃO TER DE APANHÁ-LO DORMINDO.

— E fantasma dorme?! — espantou-se Feijão.

— CLARO!

— Pois não acredito!

Amanda ficou uma fera com Feijão.

— Se ele, que é fantasma, está dizendo que os fantasmas dormem, quem é você para não acreditar, sua anta?

— Pega leve, garota. E anta é seu irmão, que a trouxe com a gente.

— Parem com isso! — gritou Marcelão. — O que Giuseppe vai pensar da gente, hem?

Para ter tamanha intimidade com um fantasma, só mesmo uma cara-de-pau sobrenatural como nosso gordão.

— Pois bem, e como vamos fazer para apanhá-lo, mesmo dormindo? — indaguei. — Droga, Navalhinha, vamos ter de carregá-lo até o cemitério e enterrá-lo lá? E como é que vamos fazer isso?!

— Só existem ossos, não é, Giuseppe? — disse Marcelão. — A gente apanha os ossos e...

— Eu não vou tocar em osso nenhum! — protestou Amanda, e com toda razão; também a mim parecia uma coisa bem nojenta.

— A gente pode usar luvas — sugeriu Marcelão.

— Puxa, deve estar fedendo um bocado — comentou Feijão.

— Pode estar certo que fede bem menos que feijão estragado. — Marcelão acabou perdendo a compostura e ainda por cima berrou: — Seu mala, não sabe que osso não fede? A catinga é da carne apodrecendo e agora só deve ter ossos por lá!

— Lá, *onde*?

Olhamos ao mesmo tempo para o fantasminha, na expectativa.

— FOMOS ENTERRADOS PERTO DO RIO.

E eu que nem sabia que havia um rio por perto.

— Fica do outro lado da cidade? — perguntou Marcelão.

— DO OUTRO LADO DO MORRO, A UNS CINCO QUILÔMETROS DA CIDADE.

— *O quê?!*

Aquilo não era ajuda. Era... era... droga, era qualquer coisa, menos ajuda! Cinco quilômetros e ainda tendo de subir morro? Navalhinha estava ficando um bocado abusado!

— POR FAVOR...

— Coitadinho, gente — apiedou-se Amanda.

Claro que para ela era fácil sentir pena, afinal todo o trabalho seria dos meninos, ou seja, nosso. Mas quando vi que a turma estava indo pelo mesmo caminho, só me restou lamentar:

— Estamos é ferrados.

E eu nem podia imaginar o quanto estava sendo otimista.

.16.

Avisamos nossos pais de que estávamos saindo para fazer um passeio pelas redondezas e por pouco não estragamos tudo, pois nossa idéia foi recebida com euforia pelos velhos. De repente, todos se transformaram em alpinistas, amantes da natureza, ecologistas de última hora, naturalistas, só Deus sabe em que mais. Quem nos salvou foi a mãe de Feijão — que, na opinião do filho, detestava mata e insetos —, não aceitando cancelar um torneio de canastra já combinado de véspera. Enquanto discutiam, caímos fora.

O morro era bem mais complicado de subir do que nos parecera lá do hotel, muito íngreme e repleto de urtigas e capim espinhento. Fiquei pensando como Marcelão faria para chegar do outro lado.

— Esse fantasma não podia ter arranjado um lugar mais perto para ser enterrado? — de fato, indagou Marcelão, desconsolado.

— Não foi ele, sua anta — disse Feijão. — Por ele, não estaria nem morto!

— Vamos subir ou não?

O sol batia firme e forte em nossas costas, e não demorou muito para estarmos suados e exaustos. Eu tinha um monte de espinhos e carrapichos agarrados em minha calça, mas os que incomodavam mesmo eram aqueles que me espetavam através das meias. Era irritante. Cinqüenta metros depois de iniciada a escalada, Marcelão arriou.

— Ai, Jesus, não consigo respirar! Socorro!

— Droga, desse jeito só vamos chegar lá em cima amanhã! — reclamou Feijão. — Quer saber de uma coisa, Rolha? Você fica aqui nos esperando.

— Ninguém vai me deixar sozinho neste lugar!

Depois de muita discussão, o gorducho afinal já podia respirar novamente, e seguimos em frente. Mais cinqüenta metros e, com uma precisão notável, ele tornou a arriar.

— Um pouco de ar, pelo amor de Deus! Preciso respirar!

— Droga, eu não vou parar! — esbravejou Feijão. — Deve ter alguma lei proibindo os gordos de subirem um morro!

— Está bem, se querem me abandonar, podem ir! Ficarei aqui sozinho, desprotegido diante do fantasma e sua navalha! Mas não tem problema, podem me abandonar, que saberei morrer de pé!

— Você quer dizer deitadaço, não é?

Toda aquela encenação só convenceu a pestinha:

— Puxa, que grande amigo você é, Feijão! Não tem vergonha de querer abandonar o pobrezinho? E se ele for atacado pelo fantasma?

— Não sei qual é o problema! — irritou-se ainda mais Feijão. — Se o fantasma aparecer, é só o Rolha se jogar morro abaixo, ora!

Nova discussão, e mais uma vez deu tempo de Marcelão se recuperar, de forma que acabamos subindo sem abandonar ninguém. E com uma precisão que já estava virando rotina — e muito chata, por sinal! —, cinqüenta metros adiante ele voltou a arriar. Desta vez, porém, desabou de tal jeito, que acabou deslizando e só parou dez metros mais abaixo. A coisa estava ficando impossível, e Feijão seguiu em frente, pisando forte, querendo deixar evidente toda a raiva que sentia de Marcelão. Claro, ele era

um magricela e não podia entender os problemas de um gordo para subir qualquer tipo de morro, mas eram amigos e eu achava que ele bem que podia tentar.

— Espera aí, Feijão! — gritei, depois de ver o gorducho estatelado lá embaixo. — Droga, cara, ele é nosso amigo!

Feijão virou-se, provavelmente para me mandar pentear macaco, mas Deus foi justo com aquele egoísta sem coração: acabou escorregando e veio a toda morro abaixo, bem na nossa direção. Só tive tempo de pular para o lado e ele passou feito um míssil, tentando se agarrar em minhas pernas, quase levando Amanda junto. Mas continuou descendo sozinho, com a mesma velocidade com que sua voz foi sumindo na distância, depois bateu numa reentrância do terreno e voou por cima do gorducho, como se Deus não quisesse que o final da descida fosse nas banhas de Marcelão. Eu o perdi de vista e sentei-me, tentando imaginar como estariam suas nádegas.

— Puxa, Deco, que descida! — comentou Amanda, maravilhada.

Marcelão estava novamente recuperado e subia o morro, mas não havia nem sinal de Feijão. Será que não tinha conseguido frear e só fora parar no hotel?

— Olha, cara, não vou ficar esperando por ele — avisou Marcelão.

— E não precisa — eu disse, sabendo das coisas. — Do jeito como você pára a cada cinqüenta metros, meu chapa, logo, logo ele vai nos alcançar.

Claro que eu não disse que duvidava de uma nova subida de Feijão, pois sabia que os teria desanimado. Na verdade, estava mais preocupado com o traseiro ossudo dele. Nesses momentos a gente tem de dar valor às banhas de Marcelão. Continuamos subindo. Às vezes, eu olhava para baixo, mas só quando o topo do morro já era visível foi que distingui na distância a silhueta de Feijão. Marcelão arriou mais uma vez, após vencer outros cinqüenta metros, e a parada nos ajudou a perceber que Feijão mancava. Com certeza não era só o traseiro que estava danificado.

— É melhor a gente esperar por ele — sugeri, e a resposta de Marcelão foi um profundo suspiro de alívio.

— A calça dele está rasgada no joelho — observou Amanda.

Realmente estava, mas eu só pensava no estado em que deveria estar o traseiro, depois de servir como prancha de *skate*.

— Meu Deus! — exclamou Marcelão, com os olhos esbugalhados. — Não quero nem imaginar como vamos voltar tudo isso, e ainda trazendo os ossos dos Navalhas!

Feijão passou por nós e seguiu adiante, sem interromper a subida ou soltar um gemido, e a única coisa que ouvimos foi um bufar de raiva. Mas pude perceber direitinho o estrago da descida: a parte de trás da calça estava inteiramente rasgada, dando para se ver a cueca toda suja de mato e terra, e a camisa tinha um rasgão vertical que ia da cintura aos ombros. Quando alcançamos o topo do morro, encontramos o fantasminha sentado à nossa espera, comodamente observando a paisagem.

— Olha só que malandro! — exclamou Amanda. — Veio se encontrar com a gente só depois da subida!

— Fantasmas não precisam fazer esforço — explicou Marcelão. — Eles desaparecem e surgem onde querem.

Feijão continuava mudo, mas agora lançava cada olhar para cima do Rolha, que achei que fosse empurrá-lo morro abaixo.

— ESTAMOS ENTERRADOS LÁ — disse Navalhinha.

Olhamos para onde ele indicava e vimos apenas mato, árvores e, mais adiante, um braço de rio, surgindo no ponto onde havia uma clareira na floresta.

— Onde? — indagou Marcelão.

— ESTAMOS ENTERRADOS LÁ NA CLAREIRA, PERTO DO RIO.

— E seu pai está lá agora?

— COM CERTEZA.

Nosso desejo era dar meia volta e retornar ao hotel, mas claro que não faríamos isto: a Turma da Aventura jamais abandonava o campo de batalha, mesmo sabendo que o inimigo era um fantasma que adorava brincar com uma navalha.

— Bem, lá vamos nós, e seja o que Deus quiser — eu disse.

Apesar de tudo, foi preciso Marcelão me dar um empurrão para que começasse a descer aquele lado do morro.

.17.

E descer, depois de tudo, foi como sopa no mel — quase que dava para corrermos aos gritos, numa bela farra —, e quando Navalhinha parou e ficou olhando sério para o chão coberto de ervas, entendemos que havíamos finalmente encontrado nosso destino.

— É aqui? — indaguei, bestamente.

Por um instante, Navalhinha nada disse.

Então, alguma coisa começou a acontecer. Uma espécie de redemoinho o apanhou pelas pernas, enquanto todo o tronco se alongava e alongava, até ficar bem maior do que nós, sendo sugado pela terra.

Estávamos sós.

— Droga, o que foi isto? — perguntou Feijão, bestificado.

Claro que sabíamos que ele era um fantasma, mas mesmo assim foi uma coisa terrível de se ver, e ficamos com medo. Senti a mão de Amanda segurar a minha e apertar, e não foi por solidariedade que a abracei, mas pelo conforto de ter alguém bem próximo.

— Acho que ele voltou para seus ossos e está a nossa espera — disse Marcelão.

Nos entreolhamos, nervosos, pois ninguém queria ser o primeiro a começar o que tínhamos de fazer. Aliás, só então eu me lembrei de um pequeno detalhe.

— Ah, meu Deus — eu disse. — Vamos cavar com o quê? Com as mãos?

— Eu não disse para você arranjar uma pá lá no hotel, Feijão? — perguntou Rolha.

— Você não disse nada. E por que logo eu? Você não tem mãos, Rolha?

— Droga, por que não assumimos logo que foi uma tremenda mancada? — cortei de cara a discussão que começava. — É melhor a gente ir embora.

— Também acho — concordou Amanda.

— Ninguém vai sair daqui sem os ossos — disse Marcelão, tentando fazer cara de mau, o que era um bocado ridículo com toda aquela papada escorrendo por seu queixo. — Temos de arranjar alguma coisa para cavar.

Combinamos de nos reencontrar no máximo em dez minutos, tempo suficiente para encontrarmos algo com que cavar ou então desistirmos de tudo, e eu achei que o mais fácil seria não achar nada e voltar de uma vez para o hotel. Podia até jurar que era o pensamento de todos, mas Marcelão, o desgraçado, disse:

— Não esqueçam que somos a Turma da Aventura.

Droga, por que ele foi dizer aquilo? Agora estávamos comprometidos, não havia como fugir da raia, debandar, simular, cair fora, dar no pé, bancar o covarde, e saímos então para procurar alguma coisa que pudesse ser usada como pá. Eu podia ouvir o murmúrio

tranqüilo do rio mais adiante, os passarinhos cantando; eu podia perceber a leve brisa soprando as folhas, enquanto o sol aquecia minhas costas. Parecia um dia comum, mas eu sabia que não era — não havia a menor chance de ser, quando um grupo de crianças tinha a obrigação de cavar o local onde duas pessoas foram enterradas após serem assassinadas, juntar os ossos e levá-los para o cemitério de uma cidadezinha com o ridículo nome de Rincocó.

Mais à frente vi uma cerca de arame farpado caindo de velha e concluí que, infelizmente, havia encontrado o que procurava. Quando voltei, encontrei Marcelão a nossa espera, sentado ao lado de outras três estacas. Logo depois chegou Amanda com mais uma, e quando Feijão surgiu trazendo três estacas iguaizinhas às que estavam amontoadas a nossa frente, começamos a rir.

— Pô, que imaginação a nossa, hem?! — comentou Marcelão.

— Tinha uma cerca lá adiante... — começou Feijão a se justificar.

— Não diga, espertalhão!

Bom, o fato era que agora dispúnhamos de muitas estacas para cavar, e foi o que fizemos. E já tínhamos feito um buracão tão grande, que até cabia nele Marcelão inteiro, quando me ocorreu que havíamos esquecido mais um pequeno detalhe.

— Ei, como vamos levar os ossos?

Feijão e Rolha pararam de cavar e me olharam, consternados.

— Podemos usar a jaqueta de Feijão — sugeriu Marcelão, sorrindo.

— Bem, se é para usar uma jaqueta, então é melhor a do Rolha — Feijão sorriu. — Cabe um boi inteiro.

Agora, Marcelão era quem já não sorria, sentindo que havia se estrepado com a lógica irrefutável de Feijão.

— Podemos dividir os ossos entre as jaquetas de Deco e de Feijão — intrometeu-se a pestinha.

— Claro!— vibrou o gorducho.

— Não complica, droga! — bronqueei,

indignado, recomeçando a cavar.

Foi quando senti a estaca bater em alguma coisa dura.

— Encontrei! — gritei, entusiasmado.

Cavamos naquele ponto, e logo os primeiros ossos começaram a surgir, compridos, escuros, nojentos. Havia um mundão de ossos ali, todos misturados, alguns pequenos e outros maiores, mas para mim era tudo a mesma coisa, não dando para distinguir quais os de Navalhinha e quais os de seu pai.

Foi então que reapareceu aquele redemoinho e uma criatura foi se formando e se alongando, e quando ficou esticada até duas vezes o nosso tamanho, compreendi — cheio de premonições trágicas — que o Navalhão estava de volta.

— Droga, cuidado! — ainda tentou avisar Marcelão, mas era tarde, pois o fantasma de Bertolo Bataglia, para variar, brandia sua desgraçada navalha.

— Epa, não precisa ficar nervoso, cara — disse Feijão, tremendo tanto, que a cada palavra parecia prestes a quebrar um dente contra o outro.

De repente, *puuf*!, ele desapareceu.

— Acho que você o convenceu, Feijão.

— Puxa, confesso que não imaginava ser tão convincente! — suspirou, mas podíamos ver como ele estava orgulhoso.

Ficamos dando tapinhas nas costas de Feijão, afinal, ele merecia, até ouvirmos Amanda gritar:

— Olha ele aí atrás!

Navalhão havia covardemente se materializado às nossas costas. Foi só nos virarmos, e senti a navalha passando a dois centímetros de meu lindo nariz. Aquilo me indignou. "O que ele tem contra meu nariz, droga?!", pensei. Se ele não gostava de nariz, tudo bem, cada fantasma com sua mania, mas havia um monte deles por ali, e não apenas o meu. Afinal, não era a primeira vez que aquele assassino protoplásmico tentava acertar meu narizinho, que mamãe já beijara tantas vezes, e eu não ia deixar por menos. Apanhei a única arma que eu tinha — um montinho de terra suja — e a joguei em cima do Navalhão. Na realidade, eu nem sabia o que estava fazendo, só queria mantê-lo afastado de mim, mas errei, droga, e a terra caiu sobre os ossos.

Coisa estranha: metade do fantasmão desapareceu.

Ou melhor, *certas partes* deixaram de existir para nós, e eu pensei: "Caramba, vai ver foram os ossos que a terra cobriu!". Marcelão devia ter chegado à mesma conclusão, pois começou a jogar mais terra no buraco, antes mesmo que eu tivesse tempo de me agachar.

Não demorou muito e Navalhão havia desaparecido.

Só que uma coisa não colava naquela história: se a terra o prendia aos ossos, como era possível que tivesse aparecido lá no hotel? Coloquei a questão e todos ficaram embasbacados.

— Esse carinha é cheio de mistérios — comentou Feijão.

— Vai ver foi o contato dos ossos com o ar — sugeriu Amanda.

— Pronto, agora começam a aparecer as besteiras!

— Querem saber de uma coisa? Estou pouco me lixando para o motivo — disse Marcelão. — Quero saber é como vamos fazer para desenterrar esses ossos, sem que o fantasma reapareça e nos ataque.

— Pelo que vi até agora, ele só atacou meu nariz — protestei.

— Não sei por que estão preocupados, se é tão fácil tirá-lo daqui — era a pestinha bancando outra vez a sabidona.

— Vê se tranca essa matraca, que você só diz asneira!

— Não liga para esse despeitado, Amandinha. Qual é a sugestão?

— É só a gente colocar na jaqueta os ossos junto com a terra.

Claro.

— Exatamente o que eu estava pensando — disse Feijão, com a cara mais deslavada. — Não quis dizer antes só para ver se Amanda era mesmo sabida. Passamos os dois panacas para trás, não foi, Amandinha?

Amandinha?!

— Você é um cara-de-pau, Feijão — foi a resposta de minha irmã.

Com todo o cuidado do mundo, começamos a retirar do buraco os ossos juntamente com a terra, passando tudo para a jaqueta de Marcelão.

— Estou com frio — reclamou Rolha, quando terminamos.

— Como é que pode sentir frio com esse casaco de banhas? — perguntou Feijão. — Daqui a pouco você vai suar, Rolha, com toda essa subida.

Marcelão olhou para cima, desanimado. Bem, como sabíamos que ele não era muito confiável numa escalada como aquela, eu e Feijão tivemos de levar a jaqueta com os ossos cobertos de terra, ele na frente e eu atrás. No fim da fila ia Marcelão, pois não queríamos que escorregasse e caísse sobre a gente, espalhando os ossos para todos os lados e ainda por cima libertando o Navalhão. Era só o que faltava, ter de enfrentar aquele assassino no meio da subida! No final das contas, a ausência da jaqueta pareceu influenciar o desempenho do gorducho, pois ele só arriou duas vezes, facilitando um bocado as coisas. Resumindo, chegamos ao cemitério sem maiores problemas.

Giuseppe-Gasparzinho-Navalhinha estava sentado sobre um túmulo, nos aguardando. "Bom", pensei, "este deve ser o túmulo da família Navalha." Levamos a jaqueta com a ossada até onde ele estava, e Marcelão foi muito bacana, ao dizer:

— Só enterro essa família com uma pá. Sou um intelectual e não estou acostumado com serviço pesado, ainda por cima improvisado! Ou arranjamos uma pá ou não movo um grão de terra.

Foi então que Navalhinha nos surpreendeu:

—VOCÊS NÃO DEVEM NOS ENTERRAR! ISSO ESTRAGARIA TUDO.

Por mim estava ótimo, mas a curiosidade de Marcelão era insaciável e ele quis saber o motivo.

—SÓ TEREMOS PAZ QUANDO ALGUM PARENTE DO VINGADOR NOS ENTERRAR — explicou Navalhinha.

— Ah, genial! — exclamou Feijão, debochado. — Está querendo dizer que agora ainda temos de trazer algum neto do vingador até aqui e dizer para ele: "Comece a cavar, cara, e sem perguntas!". É isso?

— MAIS OU MENOS.

— Então comece pelos *menos*.

—NÃO É UM NETO, É UM IRMÃO. E NÃO TEM IMPORTÂNCIA COMO VÃO FAZER PARA TRAZÊ-LO ATÉ AQUI, O QUE IMPORTA MESMO É QUE TRAGAM.

— Puxa, vai ser moleza!

— Quem é o sujeito? — perguntei, rezando para que não fosse o padre.

— O GERENTE DO HOTEL.

— O quê?! Está falando do Karloff?

— Acho que ele está se referindo a Peter Cushing — disse Marcelão, querendo me corrigir.

Navalhinha olhou para mim, depois para Marcelão, todo confuso.

— NÃO — disse. — É O ANÍBAL MARTINELI.

O que, eu tinha certeza, vinha a dar no mesmo.

— Aquele cara não vai sair nunca do hotel! — opinou Feijão, desanimado. — Acho que ele até já considera aquilo lá como seu túmulo!

—VOCÊS PRECISAM NOS AJUDAR. E ANTES QUE PAPAI VOLTE A FICAR NERVOSO, OU ENTÃO NÃO VAI TER TERRA QUE O SEGURE!

— Ora, não diga, seu pai é tão gente fina! — gozou Feijão.

— Olha aqui, Gasparzinho — eu ainda tinha uma questão para resolver. — Primeiro você vai nos explicar por que seu pai desapareceu quando jogamos terra em cima dele. Que história é essa?

—A TERRA QUE COBRE UM JUSTIÇADO TEM PODERES ESPECIAIS.

— É? E como ele consegue aparecer lá no hotel, com toda aquela terra sobre ele? Aliás, você também.

—NORMALMENTE, ISSO NÃO ACONTECE. MAS QUANDO AS EMOÇÕES SÃO MUITO FORTES, COMO A VONTADE DE MEU PAI DE SE LIVRAR DA MALDIÇÃO, O PODER DA TERRA PERDE A FORÇA. AÍ ELE SE LIBERTA E ACABA MATANDO AS PESSOAS.

— Mas por que matar gente que nada tem a ver com o sujeito que deu fim na vida de vocês? — perguntou Marcelão.

—PAPAI SEMPRE FOI MUITO NERVOSO. ELE NUNCA TEVE PACIÊNCIA E JÁ ESTÁ CANSADO DE ESPERAR PELO FIM DA MALDIÇÃO. E NINGUÉM NOS AJUDAVA. NA VERDADE, QUANDO PAPAI APARECIA PARA AS PESSOAS, SÓ ESTAVA PROCURANDO AJUDA PARA

ACABAR COM A MALDIÇÃO. SÓ QUE ELE ACABAVA SEMPRE ASSUSTANDO AS PESSOAS, ENTENDEM? ENTÃO FICAVA IRRITADO E AS MATAVA.

— Nervosinho ele, hem? E você nunca fez nada para impedir isso? — indaguei, achando aquela história horrível.

— EU NÃO SABIA O QUE FAZER — Gasparzinho parecia de fato chateado. — PAPAI PRECISAVA CHAMAR A ATENÇÃO DE ANÍBAL MARTINELI, POIS SÓ ELE PODE ACABAR DE UMA VEZ COM NOSSO TORMENTO, MAS QUANDO COMEÇOU A MATAR, ENTÃO NÃO PUDE CONCORDAR. AÍ VOCÊS CHEGARAM, QUANDO PAPAI TINHA MATADO AQUELE HOMEM E O JOGADO NA PISCINA, E PENSEI QUE VOCÊS PODIAM... BEM, PODIAM AJUDAR.

— Obrigado pela consideração — disse Feijão, sério.

— E como você fez para sair da terra? — Marcelão voltou ao velho tema.

— MEU DESEJO DE AJUDAR PAPAI É OUTRA EMOÇÃO TÃO FORTE, QUE EU TAMBÉM CONSIGO SAIR, MAS É POR POUCO TEMPO: A EMOÇÃO VAI SE ESVAINDO, ATÉ TAMBÉM DEIXAR DE SER FORTE, E SOMOS OBRIGADOS A RETORNAR. É ISSO.

Eu podia compreender aquilo, por mais estranha e horrível que me parecesse toda aquela história. Podia, sim. Na verdade, todos nós, da Turma da Aventura, já tínhamos visto tantas coisas misteriosas, que devia ser até uma obrigação compreendermos uma coisa como a que nos contou Gasparzinho. Entretanto, Marcelão ainda tinha uma dúvida, e perguntou:

— Por que não podemos enterrá-los? Você disse que só daria certo se alguém da família do vingador enterrasse vocês aqui no cemitério. Por quê?

— PORQUE A MALDIÇÃO ESTÁ NO FATO DE O VINGADOR TER NOS ENTERRADO EM UM LUGAR QUALQUER, ENTENDEM? E ELA SÓ SE DESFAZ QUANDO O

PRÓPRIO VINGADOR, OU ALGUÉM DE SUA FAMÍLIA, TORNA A NOS ENTERRAR, SÓ QUE DESTA VEZ EM CAMPO SANTO. É O ÚNICO JEITO. SE NÃO FOR ASSIM, JAMAIS TEREMOS PAZ, CONTINUAREMOS PENANDO EM DOIS MUNDOS! OH, MEU DEUS, É HORRÍVEL!

O final foi tão triste, tão sofrido, que mal conseguimos evitar as lágrimas. Queríamos ser durões, mas não éramos diferentes de outros garotos, e chorar naquele momento — como, aliás, em qualquer outro — seria um vexame.

— Fique tranqüilo, Gasparzinho. Nós vamos trazer o Karloff.

— Aníbal — corrigiu Amanda, sem que ninguém tivesse lhe pedido.

.18.

Já estávamos subindo a ladeira do hotel, quando recomeçou a chover. Bem, aquilo só podia significar uma coisa: logo não haveria nem um tiquinho de terra sobre os ossos. Não preciso nem detalhar o tamanho da tremenda enrascada que ia desabar sobre a gente. Saímos em disparada — ou melhor, eu, Amanda e Feijão, porque Marcelão, coitado, só fazia resfolegar ladeira acima, ficando cada vez mais para trás. Na última espiada que dei sobre o ombro, o gorducho já havia parado, sem fôlego, estirado lá no meio da ladeira.

Encontramos Karloff na portaria, acendendo uma quantidade de inacreditável de castiçais, e eu logo pensei, apavorado: "Virgem Santíssima, estamos sem luz nesta joça!". Imaginava, claro, a droga que seria enfrentar Navalhão no escuro, porque, àquela altura, eu já não tinha a menor esperança de levar Karloff até o cemitério, quanto mais fazê-lo enterrar a família Bataglia antes que a chuva lavasse todos os ossos. Ia ser uma ferrada geral! Só então reparei que as luzes do vestíbulo continuavam acesas.

— Ué, para que tanta vela? — perguntei, cansado de tanto mistério.

— Macumba, é? — quis saber o engraçadinho do Feijão.

— Vai faltar luz.

Ah, era tão fácil saber das coisas numa cidadezinha! Provavelmente, era só chover para uma desgraça daquela acontecer.

— O senhor quer ter a bondade de nos acompanhar?

Eu e Feijão fitamos Amanda, sem acreditar que ela tivesse dito aquilo.

— Quer que eu lhes acompanhe aonde, menina?

Eu já ia dizer "Ah, só queremos dar uma voltinha na chuva", quando a mana foi de uma sinceridade exemplar:

— Até o cemitério.

Karloff ficou olhando muito sério para ela e eu achei que devia estar tentando entender o sentido *exato* daquele convite inusitado, mas, não, ele só estava mesmo desconfiado.

— Está chovendo — apesar de tudo, foi só o que ele disse.

— Ora, é só uma chuvinha à toa, não dá nem para se molhar...

Karloff olhou pela porta aberta, e nós o imitamos.

Desabava agora um temporal do tamanho do dilúvio de Noé.

— Er... tem um guarda-chuva? — um guarda-chuva, com toda aquela água caindo, era a mesma coisa que usar um copo para conter um maremoto, e Karloff nem se dignou a responder. — Uma capa?

Karloff continuou incapaz de dizer uma palavra, mas Amanda insistiu:

— Umas galochinhas, pelo menos?

A conversa, que começara ridícula, tornara-se absurda. Estava na cara que Karloff não ia deixar aquele hotel por nada deste mundo, muito menos debaixo de toda aquela água. Então, parti para os finalmente, que é a maneira mais curta de chegar aonde se quer, ou seja, agarrei um castiçal, entre tantos que enchiam a mesa do tamanho de um ônibus, e o enfiei bem debaixo do queixo de Karloff, enquanto o segurava pela lapela do paletó. A idéia era até bem simples, mas ainda assim tive de traduzi-la para o herdeiro do vingador:

— Vai com a gente até o cemitério ou queimo esse seu belo rosto, meu chapa! — a voz, peguei emprestada de outro que também já tinha virado fantasma, o *legítimo* Boris Karloff, embora o estilo estivesse mais para o velho Charles Bronson.

Como resposta, levei dois tremendos bofetões, mas foi logo no primeiro que o castiçal foi arrancado de minha mão, caindo em cima de Feijão. Apesar de continuar girando pela portaria feito um peru bêbado, achei Feijão meio tiririca da vida comigo:

— Ficou louco, cara?! Está pensando que sou carvão?

É verdade que naquela hora meu cérebro inteiro chacoalhava, e minhas faces pareciam ter dado alguma encostada numa chapa de fogão, mas ainda assim tive cabeça para concluir que ia ser superdifícil evitar que o cretino do Karloff faltasse ao encontro com o destino lá no cemitério. E eu que o imaginava caquético, subnutrido, frangote, o próprio cara que não-dá-nem-pra-saída! Como se não bastasse, o bombardeio de gotas de chuva continuava explodindo sobre o telhado, invadindo parte da varanda — enfim, de todas as maneiras nos avisando que o Navalhão vinha por aí.

— Feijão, acho que esse cara não vai com a gente até o cemitério — avisei.

— Lógico que não vou — concordou Karloff. — Ficaram malucos?

Ser ou não ser sincero, eis a questão.

— O senhor precisa enterrar uns ossos — eis que Amanda a resolveu logo.

— Ah, então acreditaram na maluquice de Bertolo Bataglia.

Aquilo despencou nosso queixo.

— Espere aí, Karloff. Então conhece a maldição?

— Que maldição, que nada! É só uma maluquice que aquele fantasma esclerosado inventou para justificar o que anda fazendo com os hóspedes do hotel. Até depois de morto o miserável continua o mesmo assassino!

— Mas quem nos contou foi o filho dele, o Navalhinha!

Karloff me olhou todo desconfiado.

— Filho? Do que está falando? Não vi nenhum filho.

Essa não!

— O senhor nunca viu o garoto? — perguntou Feijão, espantado.

— Um baixinho, todo tímido — completei, achando que alguma coisa estava muito errada por ali. — Um fantasminha que bate na porta, antes de entrar no quarto.

— Vocês devem estar brincan...

Tchiiiiiuuuu-tchaaaammmm-fffiiiiiiuuuuuuu-braaaaaaaa, fez alguma coisa passando pela gente, tão rápida que nem vimos o que foi, mas ainda assim levei inconscientemente a mão ao nariz.

— Caramba... *o que foi isso?!*

Era exatamente o que eu ia perguntar. E como não sabíamos, eu e Feijão olhamos para Karloff, em busca de uma explicação, enquanto Amanda se encolhia toda contra o balcão da portaria.

O coitado do Karloff estava branco como uma cueca samba-canção novinha, daquelas que papai usa, e o pior era que seus olhos esbugalhados percorriam os quatro cantos da portaria, como se à procura de algum demônio que estivesse perdido por ali. Antes que eu dissesse alguma coisa, *senti* novamente aquele vento glacial chegar. Mal tive tempo de enfiar o dedo na boca e erguê-lo, para descobrir de que lado o vento vinha, quando ouvi Feijão berrar:

— Cuidado, Filé!

Só vi mesmo a navalha, e ela passou triscando minhas narinas — "Droga, ainda vou descobrir o que esse carniceiro tem contra meu nariz!" —, por pouco não me arrancando o dedinho erguido.

— É o Navalhão! — Feijão nos revelou a grande novidade. — Vou me mandar daqui, Filé!

E Feijão — que nem mesmo tinha uma navalha perseguindo

seu nariz — começou a correr em direção a escadaria que levava ao segundo andar, quando surgiu uma bola, não sei de onde, vindo em sua direção. Ele era um zagueiro infernal e deu um tirambaço, fazendo a bola ricochetear pelos móveis, até parar onde estávamos.

Era a cabeça de Marcelão.

Pensei que tivesse acabado de engolir o restante do Rolha, pois alguma coisa enorme ficou entalada em minha garganta. Comecei a sufocar e, antes de perceber que aquela coisa me engasgando era o horror da visão da cabeça de meu amigão rodopiando bem à minha frente, ainda vi Feijão desabar no chão, desmaiado. Comecei a tremer, apavorado, desesperado, ensandecido, acovardado, entristecido, sentindo-me o mais miserável dos garotos do mundo, e acabei chorando. Ainda assim, podia escutar os gritos histéricos de Amanda vindo de algum lugar às minhas costas. Como era possível uma coisa horrível daquelas ter acontecido? Claro, acontecera porque havíamos deixado Marcelão para trás, sem dó de suas banhas, abandonando-o sozinho na chuva, mesmo sabendo que Navalhão ia escapar da terra a qualquer momento.

Olhei mais uma vez por entre as lágrimas. Marcelão me observava com olhos tristes, desamparados.

"Santo Deus, ele nem teve tempo de perceber que Navalhão ia lhe arrancar a cabeça!", pensei, pois aqueles eram os olhos de quem já não suportava dar nem mais um passo ladeira acima, e a boca escancarada parecia imobilizada na derradeira e sôfrega tentativa de aspirar todo o ar do mundo. De certa forma, aquilo foi até um alívio para mim: saber que ele não havia sofrido ao morrer. "Mas que droga, cara", uma voz esbravejou dentro de mim, "ele está morto, seu bundão, morto, e você vem falar em alívio?!" Realmente ele estava morto, Rolha-de-poço, Gordão, Alça-de-xícara, Gordote estava morto, *oh, meu Deus*!

Desejei, então, ver pela última vez o rosto de meu amigão antes de morrer ou fugir, mas quando olhei novamente, a cabeça de Marcelão não estava mais ali.

Estava agora nos braços de Amanda, que a embalava aos prantos, para lá e para cá, como se fosse uma boneca toda especial com problemas para adormecer.

E não era só.

Os dois braços de Marcelão vinham à toda, carregando um prato de sopa fumegante, que jogaram inteirinha na boca do gordo. A sopa, descobri logo pelo cheiro, era de feijão, e espalhou-se em parte sobre a roupa de Amanda, que largou a cabeça de Marcelão e recomeçou a gritar, frenética. A cabeça soltou um baita arroto de satisfação.

Eu já começava a achar tudo aquilo muito estranho para ser real, quando ouvi aquela voz às minhas costas:

— O que está havendo por aqui?

Olhamos ao mesmo tempo para a porta — Amanda parando de gritar, Karloff deixando de tremer, e eu prestes a me molhar todinho — e lá estava Marcelão, parecendo uma imensa trouxa encharcada, molhando a entrada do hotel com toda a chuva que conseguira trazer.

Olhamos em seguida para a cabeça — Amanda voltando a gritar, Karloff recomeçando a tremedeira, e eu de fato me molhando todinho — e nada de cabeça, nada de prato, nada de braços.

Navalhão havia nos enganado direitinho, o filho da mãe!

— Meu Deus, estou congelado — disse Marcelão. — Preciso de um conhaque, Cushing, ou vou apanhar um resfriado. Claro que não precisa contar para mamãe — ele estremeceu todo e reclamou: — Caramba, aqui dentro está mais frio do que lá na chuva!

"Viu só, aqui dentro está mais frio do que lá na chuva", voltou a dizer aquela voz dentro de minha cabeça. "Sabe o que isto significa, não sabe?" Eu sabia muito bem, claro, e olhei em volta, apavorado, e então eu vi: a navalha vinha se aproximando do

Marcelão pelas costas, abrindo e fechando como uma dentadura às gargalhadas, mas eu tinha certeza de que estaria bem aberta quando o apanhasse traiçoeiramente. Joguei-me contra o gorducho, mas era massa demais para que este magricela pudesse retirá-la da frente da lâmina afiada, e cheguei a me encolher, aguardando toda a sangueira que certamente ia desabar sobre mim.

Levei um tremendo empurrão, ouvi Marcelão gritar — *Cuidado, Filé*! — e fui catando cavaco até um piano, que emitiu macabros acordes quando desmontei sobre os teclados. Pareceu-me que tocava a *Marcha fúnebre*, mas só tive tempo de me agachar (tocando mais um trecho de música funesta), pois lá estava outra vez a desgraçada da navalha à procura de meu nariz.

Como sempre, Navalhão errou por pouco. Eu já começava a achar que ele não era páreo para mim, quando percebi que o havia deixado mais irritado do que das vezes anteriores, possesso, despeitado, com um ódio tão profundo, que até suas órbitas vazadas adquiriram uma coloração avermelhada.

— Droga, Marcelão, por onde anda Navalhinha, que não vem nos ajudar? — gritei, sentindo que precisava de ajuda, e de ajuda assombrada.

— Não deixa ele te pegar, Filé!

Grande conselho. O problema era que aquele fantasma assassino sabia como ninguém sumir aqui e reaparecer ali, o que ficou evidente com o novo grito de Marcelão:

— Atrás de você!

Como eu já conhecia a preferência de Navalhão, tratei apenas de proteger meu nariz. Corri então para o lado de Feijão que, depois de recuperar os sentidos, se fazia passar por um poste fincado no meio da sala, não sei se imobilizado de puro pavor ou se imaginando poder enganar Navalhão com aquela idiotice. Eu só queria entender o que tinha feito para merecer tamanha preferência daquele fantasma. Afinal, droga, ele não parecia interessado em mais ninguém por ali, nem mesmo em Karloff — e Karloff, convenhamos, devia ser seu alvo prioritário, não acha?

— Filé, meu amigo, acho melhor você dar o fora e deixar a gente resolver o problema — aconselhou Marcelão, sabiamente.

Corri para a entrada do hotel, mas o desgraçado do Navalhão já estava lá, só me aguardando, brincando com a navalha, como se tivesse na mão um delicioso bombom. Interrompi a corrida, claro, mas estava tão perto do carniceiro, que até podia sentir o ar gelado à sua volta.

— Agüenta firme, Deco, estou indo te ajudar! — gritou Amanda.

Achei que ela só ia atrapalhar. De qualquer forma, não havia mais tempo para ajuda: Navalhão ergueu o braço e começou a descer a navalha sobre minha cabeça, e eu, bem, eu já estava mortinho de cansaço, tinha a alma se contorcendo toda para escapar através de minha garganta seca e estrangulada de pavor, bem, eu sabia que ia morrer e achava que ainda não estava pronto para uma desgraça como aquela.

Então, Navalhão parou. Não sei por que, mas parou. Ele virou a cabeça fantasmagórica na direção da chuva, como se farejasse alguma coisa lá fora, e sumiu.

Era demais para meu pobre coração assustado-apavorado-aterrorizado, e caí no chão, sem pernas que me sustentassem. Só então todo mundo veio me ajudar.

— Puxa, cara! — disse Feijão. — O que você fez para o Navalha fugir assim?

— Aposto que ameaçou o fantasma com um pontapé!

Olhei Amanda, tentando imaginar de onde ela tirara uma idéia tão sem graça. E antes que Marcelão se juntasse ao coro de elogios a minha bravura, que só eu sabia não passar de uma grande piada, fui logo avisando:

— Ainda não terminamos nossa missão, pessoal — apontei para Karloff, que me olhava com algum respeito, e disse: — Temos de levar este cara ao cemitério!

— E como acha que vamos conseguir isso? — perguntou Marcelão.

— Só tem um jeito — eu disse, pois acabara de me ocorrer uma idéia maligna. — Agarrem o desgraçado!

Ninguém se mexeu.

— Droga, agarrem o Karloff! — insisti.

Mas os panacas só ficaram me olhando, desconfiados. Claro, queriam saber por que tinham de agarrar Karloff, sabe como é, criança precisa de um motivo muuuito bom para fazer uma coisa dessas com um adulto.

— Como querem que eu acerte a cabeça do cara? — esbravejei.

— Ficou maluco, é? — indagou Marcelão, por fim. — Está pensando mesmo em acertar a cabeça do Cushing, cara?!

— Acho que a surra que deu no Navalhão fez ele pensar que é algum ninja — comentou Feijão, girando o dedo indicador ao lado da cabeça.

Surra no Navalhão? E ainda achavam que eu era o doido!

— Não estou maluco, mas que droga! — eu estava era furioso. — A gente só vai conseguir levar Karloff ao cemitério se ele estiver desmaiado — expliquei.

— Pois arranja outra maneira, cara — discordou Marcelão. — Não vamos machucar ninguém, ouviu? Mas o que há com você, afinal?

Avisei então que Karloff estava se mandando da portaria, de fininho, e corremos todos atrás dele, sabendo que nunca o encontraríamos, caso desaparecesse no interior daquele hotel mal-assombrado. Eu e Feijão agarramos seus braços, enquanto Amanda e Marcelão seguravam suas pernas.

— Agora ele vai na marra!

Só que Karloff começou a gritar.

— Fecha a matraca do infeliz, Filé! — disse Marcelão.

— Fechar, como? Só tenho duas mãos, cara!

Marcelão largou a perna que segurava e sumiu atrás do balcão da portaria, voltando logo depois com um rolo de fita crepe.

— Isto vai resolver.

E gastou quase que o rolo inteiro com uma mordaça que circulava a cabeça de Karloff várias vezes: Rolha era tão esbanjador com as coisas alheias quanto o era com as próprias banhas.

.19.

Navalhinha continuava sentado no mesmo lugar da última vez e aquilo me deixou novamente furioso.

— Você é mesmo descansado, hem, cara? — bronqueei. — Enquanto o pau comia solto lá no hotel, você ficava aqui descansando! Droga, não teve todos esses anos para fazer isso?

— Ele é uma alma penada, Deco — disse a enxerida. — Não sabe que elas nunca descansam?

Aquele papo furado não ia levar a nada. Agora eu era o herói daquela turma, tinha todo o direito de impor minha vontade, mas a alminha penada destruiu meu cartaz, ao dizer:

— EU NÃO CHAMEI PAPAI DE VOLTA?

Gelei, claro.

— Ah-ha! Então foi isto! — exclamou Marcelão, lançando-me aquele olhar eu-sabia-que-você-era-covarde-demais-para-encarar-o-Navalhão. — E os babacas crentes que Filé tinha dado uma surra em seu pai, veja só!

— Ei, você também achou, Rolha! — protestou Feijão.

— Ei, nós viemos aqui para conversar ou para resolver o problema?

Era uma saída infernalmente cretina, mas foi a única que encontrei.

— E onde está seu pai? — perguntou Amanda, abençoada seja.

—ESPERANDO PARA SER ENTERRADO E ACABAR COM A MALDIÇÃO. AGORA EU VOU ME JUNTAR A ELE. OBRIGADO POR TUDO.

Ficamos emocionados. Karloff, em nossas mãos, tremia feito cachorro após o banho, mas também não era de se espantar, encharcado do jeito que estava. Acho que Amanda chorava, mas podia ser também apenas a chuva escorrendo por seu rosto. O mesmo valia para cada um de nós, e fiquei pensando que a gente só devia se emocionar debaixo de chuva, certamente a melhor maneira de disfarçar que garotos também choram. Navalhinha foi novamente arrebatado por aquele redemoinho de vento, girou, girou e sumiu, tragado pela terra.

E assim ele desapareceu de nossas vidas.

A não ser, claro, que não cumpríssemos nossa parte. E embora a saudade daquele miúdo já começasse a bater forte na gente, ainda assim éramos a Turma da Aventura, e um "aventureiro" jamais deixa de cumprir sua missão.

— Comece a cavar — foi a ordem de Marcelão para Karloff.

— Nem pensar.

É, ia ser difícil. Pelo menos foi o que me pareceu, mas então Amanda acertou um pontapé bem no meio da canela do miserável.

— Aaaiii! — Karloff ficou massageando a canela, e concluí que ele era ainda mais horrendo quando fazia caretas. — Ela me chutou! — ele parecia de fato chocado.

— E vou chutar muito mais, se não começar logo a cavar!

Karloff olhou para a própria canela, depois para o tênis de Amanda, e rapidinho apanhou a pá.

— Crianças! — resmungou, injuriado. — Por que as pessoas já não nascem com trinta anos?

— Acho que foi o que aconteceu com você, não é, babaca? — revidou Feijão.

E Karloff, enfim, começou a cavar.

.20.

Sem que houvéssemos percebido, estava na hora de voltar para casa. Era nosso último jantar, pois sairíamos cedinho no dia seguinte, e ocorreu-me uma coisa espantosa: ainda não havíamos feito um passeio de charrete, cavalgado uma vez sequer pela cidade ou utilizado algum dos cinco botes que continuavam ancorados na margem do lago.

Que férias!

Bem, não as férias *inteiras,* mas tínhamos ido para Rincocó a fim de aproveitar essas coisas, certo?

Fiquei olhando Marcelão devorar todas as opções do jantar, depois olhei Feijão, e ele estava naquele seu hábito, muito parecido ao meu, de só comer como um passarinho. Amanda continuava a girar o garfo pela comida, sem provar nada, mas isso só duraria até que mamãe, claro, percebesse que ela estava embromando.

A vida voltara ao normal depois de Karloff ter enterrado os dois fantasmas, e meus amigos não haviam percebido o mesmo que eu, certamente porque revoltados com a decisão dos velhos de voltar logo para casa. Inclinei-me até Marcelão, que estava à minha esquerda, e cochichei:

— Ei, Rolha, gostou dos passeios de charrete? — ele virou-se para mim, surpreso. — E que tal os cavalos, hem? Com certeza você adorou remar pelo lago!

Ele ficou me olhando com cara de bestalhão, até que seus olhos se iluminaram com a compreensão do que eu queria dizer. Então, debruçando-se sobre a mesa o máximo que sua pança permitia, fitou Feijão, à minha direita.

— O que foi que o Cara-de-carvão achou de tudo isso? — indagou.

Virei-me para Feijão e perguntei tudo de novo. Àquela altura, eu e Marcelão já estávamos rindo, porém o mais engraçado era ver a cara de pateta do Feijão. Lógico, eu bem podia imaginar o quanto havíamos sido, com diferentes margens de tempo, parecidos em nossas reações, e só havia uma resposta para isso: aqueles passeios não eram nada, se comparados com a aventura que tínhamos vivido.

Foi então que Marcelão anunciou:

— Vamos andar a cavalo.

Nossos pais chegaram a interromper o jantar para fitar o gorducho.

— Mas já é noite! — exclamou dona Rosalinda.

— Garanto como os cavalos ainda não foram dormir — revidou Marcelão.

Acho que só então os adultos se deram conta de que os filhos ainda não haviam pedido dinheiro para os passeios — de cavalo, charrete ou barco — e foi meu pai quem primeiro reagiu.

— Ei, o que andaram fazendo até agora? — perguntou, e a impossibilidade de acreditar num milagre daqueles brilhou claramente em seu rosto. — Eu não acredito!

— Ora, querido, não acredita em quê? — perguntou mamãe.

— Que os meninos ainda não pediram dinheiro!

Marcelão já se levantava, subitamente tão ansioso para andar a cavalo que dispensou até a sobremesa, o que, para ele, era quase um sacrilégio. Eu, Feijão e Amanda também nos levantamos, mas foi a baixinha quem disse primeiro:

— Pai, quero dinheiro para andar a cavalo.

— Eu não disse? — vangloriou-se papai perante os demais adultos, com seu sorriso eu-sempre-tenho-razão. — Por acaso estão lembrados da última vez que nos pediram dinheiro?

Os cinco adultos restantes se entreolharam, e eu pensei: "Não acredito que vão ficar agora relembrando todos os prejuízos que já causamos à renda familiar!".

— Marcelo tomou um *banana split* na última parada que fizemos na estrada — rememorou seu Aníbal.

— Ele comeu também um misto quente, Aníbal — lembrou dona Rosalinda.

Claro, eles iam relembrar tudinho. Inacreditável, mas foi mamãe quem acabou com aquela babaquice.

— Pelo amor de Deus, Nando — disse. — Dá logo o dinheiro para as crianças aproveitarem a última noite!

E papai deu o dinheiro a Amanda. Depois disso, foi uma fileira de dinheiro passando para nossas mãos, e o mínimo que eu podia fazer era tascar um beijão melado e sonoro no rosto de mamãe: ela merecia.

.21.

— E agora? — perguntei.

Trotávamos pela única rua da cidade, profundamente descontentes com os detestáveis pangarés que nos alugaram. Aqueles marcha-lentas pareciam andar a dois quilômetros por hora, e assim mesmo quando alcançavam a velocidade máxima.

— Eu não tenho nenhuma dúvida do que devemos fazer — disse Marcelão, utilizando aquele seu ar de sabichão que tanto me irritava. — Vamos ao cemitério.

— Ao cemitério? — exclamou Feijão, estremecendo. — *À noite?!*

— E daí? Está com medo, Cara-de-jaboticaba?

— Medo, eu?

Ele estava com medo, sim, mas todos nós estávamos, e eu não acreditava que Marcelão tivesse falado a sério. Era pura embromação. E só não entendi por que, um segundo após já ter dito, eu tinha de dizer o que disse:

— Está bem, vamos ao cemitério!

Acho que foi para ver se Marcelão tinha mesmo toda aquela coragem. Ele me olhou como se eu o tivesse desafiado a ir de noite ao cemitério, ou seja, louco para me arrancar a pele.

— Eu não vou — Amanda foi categórica e, digamos, honesta.

Pisquei o olho para Feijão, que não perdeu tempo:

— Eu vou.

Eu podia sentir como Marcelão começava a suar. Bom, a idéia tinha sido dele, não tinha?

— Aquilo lá à noite não é lugar para uma menina — ele disse, tentando se livrar pela tangente. — Pode deixar, Amandinha, que eu a acompanho em seu passeio. Enquanto isso, os dois vão até o cemitério. Tudo bem?

Bem, uma ova. Rolha-de-poço não ia se safar tão facilmente, não depois de querer bancar o valentão às nossas custas; portanto, fui logo dizendo:

— Vamos todos ao cemitério, Rolha. Quer dizer, depois de você nos explicar o que vamos fazer lá.

— Era só uma idéia boba...

— Ora, não se preocupe com isso, gordão. Todas as suas idéias são bobas, cara — afirmou Feijão, lançando-me um sorrisinho mau e cúmplice.

Marcelão sorriu amarelo, mas sabia que estava encurralado e começou a ga-ga-guejar:

— Er... não, é queque... acho queque...

— Queque? E que diabo é isso, Rolha?

Ele ficou bravo, o que era ótimo.

— ÉqueeuachoquedevemosfazerumavisitaaNavalhinha!

— Entendeu, Feijão?

Feijão abriu-se num sorriso formidável, antes de dar a resposta:

— Ogordoestácomtantomedoquenemsabemaisoquediz!

Era demais para os brios demolidos do gorducho, e ele berrou, enquanto se esforçava para fazer aquele pangaré alcançar pelo menos um quilômetro e meio por hora:

— Pois vamos ao cemitério, cambada de valentões!

Pensar em ir ao cemitério até que era fácil, difícil era encontrar coragem para ultrapassar aquele portão de ferro. Sabíamos que do outro lado estavam os túmulos, sabíamos que dentro deles moravam os fantasmas, sabíamos que à noite eles gostavam de sair para uns passeios e para uma troca de prosa, ou seja, havia um milhão de outros lugares mais agradáveis e seguros onde poderíamos passear sem precisar tremer, gritar, fugir, ou mesmo molhar as calças.

Só que nos sentíamos desafiados, infelizmente, e entramos no cemitério para dar um olá a Gasparzinho.

.22.

Soprava um vento frio que levantava as folhas, mas só nos demos conta da escuridão que nos cercava quando a lua sumiu atrás de uma nuvem. O último poste ficara com a última casa, e todo o caminho até o cemitério de Rincocó fora percorrido em total escuridão. Mas dentro do cemitério os pangarés começaram a ficar inquietos, agitando as patas e as narinas, tentando recuar, o que para nós já devia bastar como desculpa para retornar ao hotel. Provavelmente era o que ia acontecer, mas o pangaré de Amanda resolveu disparar justo naquele instante, tão burramente se aprofundando no cemitério, que tivemos de ir atrás, tão nobremente decididos a salvá-la. Bem, pangaré é pangaré, e o dela não conseguiu saltar sobre um túmulo mais rebuscado, cheio de anjinhos, e acabou arrancando uma das asas, caindo com Amanda entre duas sepulturas.

"Santo Deus", pensei, antecipando o que diriam meus pais, "que lugar infernal pra se morrer!" Eu sabia que ela tinha morrido na queda, ninguém seria capaz de escapar de um tranco daquele, mas, desavergonhada consciência, só pensava no trabalhão que seria explicar a meus pais, principalmente a mamãe, como eu fora deixar aquilo acontecer. Decidi então continuar galopando — galopando, uma ova, nossos pangarés só davam um saltinho a cada três passadas arrastadas — para contabilizar o estrago que já estava feito e ver se ainda me sobrava alguma chance de sair vivo daquela enrascada. Mas quando eu e Feijão já estávamos apeando, Marcelão passou por nós berrando — *como se pára essa joooçaaa?* —, e foi igualmente se estatelar com seu pangaré sobre o que sobrara de Amanda, depois de arrancarem a outra asa do anjo. Eu não sabia qual o estado de minha irmã, mas mesmo morta ela teve muita sorte de o gordo ter ficado entalado acima dela, caso contrário não teríamos muito o que enterrar.

Fomos correndo até onde eles todos estavam, pangarés e crianças, mas só elas ainda continuavam lá, pois os animais já haviam saído naquele galope de tartaruga, gastando uma eternidade para desaparecerem na escuridão. Foi então que escutamos um barulhão dos diabos, como se uma parede estivesse desabando. Só que não havia paredes por ali. Quando chegamos bem perto, tentando enxergar alguma coisa no breu em que a noite se tornara, descobrimos que todo aquele desfile de quedas havia arruinado a lápide do túmulo e havia agora, em seu lugar, um buraco escuro e tão fedorento, que cheguei a me virar para Feijão, horrorizado com o lugar que ele escolhera para soltar gases.

— *Não tem vergonha?!* — berrou Feijão primeiro, e juro que só consegui enxergar seus dentes. — Não respeita mais nem os mortos, seu cretino?

— Pois tenho certeza de que foi você, Cara-de-banana-madura! Conheço muito bem o cheiro dos seus!

— Ah, é? Pois eu...

— *Aaaiii, tem uma coisa se mexendo aqui!*

Eu e Feijão quase acabamos um no colo do outro, tamanho foi o susto que levamos. Depois quase berrei de alegria, reconhecendo a voz da pestinha, mas não deu nem tempo: um vendaval surgiu lá do fundo do buraco, espalhando terra sobre os túmulos vizinhos, principalmente sobre a gente. Então — quando tentávamos nos abaixar —, Amanda e Marcelão foram jogados para fora, por pouco não caindo sobre nossas cabeças. Mas não, foram se esborrachar sobre a lápide onde eu apoiava meu braço, e o quilométrico traseiro do gordo desabou sobre minha mão.

Enquanto isso, alguma coisa *fantasmagórica* ocorria no antigo túmulo.

— Meu Deus, é um...

Feijão nem precisou explicar, pois, àquela altura, tudo em volta começava a ficar visível com a luz que emanava daquele buraco feito pela passagem da cavalaria. Uma figura ainda se formava sobre os restos do túmulo, mas nossa "experiência" nos garantiu que estávamos diante de um fantasma. Finalmente a figura tomou sua forma definitiva, muito mais horrenda que a de Navalhão, e foi nesse instante que senti minha calça toda molhada.

— Ah, droga... — gemi, não por causa da calça, mas porque aquela *coisa* ergueu um dos braços, e eu, já escolado, segurei meu nariz. Apavorado, berrei com Marcelão:

— Tira esse bundão de cima de minha mão, droga! Anda logo, Rolha!

Marcelão parecia um elefante adormecido e não se mexeu.

— MISERÁVEIS, DESTRUÍRAM MINHA MALDIÇÃO!

Maldição?! Aquela *coisa* tinha dito mesmo *maldição*? Caramba, só podia ser aquele cara que dera um fim em Bertolo e Giuseppe! O irmão de Karloff!

Ia começar tudo de novo, o que era uma grandíssima droga.

— VOU DESTRUÍ-LOS E AMALDIÇOÁ-LOS, MISERÁVEIS! — tornou a berrar aquele novo fantasma, que agora eu sabia ser o tal Martineli, o que começara tudo.

— Puxa, Filé, ele está botando maldição na gente — comentou Feijão.

Amanda jogou-lhe uma pedra, mas ela apenas passou por ele. O danado sequer ficou mais irritado — também não precisava, pois o que vimos em sua mão, quando ele a retirou das costas, já dava para nos deixar de cabelo em pé.

O facão — tão comprido quanto o seu braço — parecia ter luz própria, mas, na realidade, era só o reflexo de outro raio cortando o céu tempestuoso.

Debaixo de minha mão, meu narizinho parecia estar com urticária.

— Sujou, galera! — exclamou Feijão, e naquele instante parecia só uma dentadura flutuando na escuridão e batendo os dentes, *tá-tá-tá-tá*, para em seguida desaparecer. De fato, ele tentara recuar e tropeçara num túmulo, caindo de costas.

O facão descreveu um semicírculo e passou rente ao rosto de Marcelão, só não arrancando metade de suas bochechas porque o gordão deu um passo para trás no último instante. Senti um desejo louco de beijar meu narizinho, o que seria realmente complicado, e procurei por Amanda. Eu tinha de fugir dali, mas antes precisava encontrar a pestinha, ou mamãe faria comigo o que todos os fantasmas ainda não haviam conseguido.

— VOCÊ NÃO ME ESCAPA, TONEL-DE-BANHA!

— E-eu?! — gemeu Marcelão, vestindo a carapuça. — Mas... po-por que lo-logo eu?! — e o cretino me saiu com esta: — Já viu o nariz de Filé?

Era muita covardia dele, mas de repente pensei, deliciado: "Tonel-de-banha?". Taí, gostei, seria uma maneira novinha de chamarmos o gorducho, *se* escapássemos daquela. O que, aliás, não parecia nem um pouco provável, pois o fantasma já estava

atacando novamente. Ele estava apenas atrás do gordo, sabe-se lá por que, mas o gordo havia se agarrado a mim, envolvendo-me de tal maneira com suas banhas, que parecíamos um só alvo diante daquele facão descomunal.

— O que é isso, Rolha? — berrei, sufocado pelo abraço. — Isso lá é hora de demonstrar que me ama?

Naquele momento senti minhas pernas baterem num túmulo e — *Virgem Santíssima!* — ainda pude ouvir o som do facão passando a centímetros de nossas cabeças, um segundo depois de cairmos para trás, como Feijão já havia feito.

— *Fujam!* — gritou Feijão, de algum lugar à esquerda de onde eu e Marcelão nos encontrávamos embolados.

Evidente que o Cara-de-carvão estava certo, mas Facão cresceu assustadoramente sobre nós, sempre brandindo aquela arma afiada. Ele já a tinha erguido mais uma vez para — agora, sim — acabar com nossa existência até então heróica (bem, nem sempre, como naquele instante), quando todas as coisas em volta estremeceram. Ficamos espremidos ainda mais entre os dois túmulos, quando a terra ergueu-se, como se todos os mortos estivessem deixando seus caixões.

Todos os mortos, não — apenas Navalhão. Lá estava ele formando-se a meio metro do chão revolvido, e rezei a Deus e a todos os santos e santas para que fosse só para nos salvar, afinal, ele nos devia isso. E também, caramba, uma batalha de fantasmas tinha tudo para ser bem mais interessante que todas aquelas que tínhamos assistido em *Mortal combat*!

Ia ser uma coisa do outro mundo, ah, ah, ah.

Mas o começo até que foi bem mixuruca. Os dois, Navalhão e Facão, ficaram apenas se olhando, enquanto pequenos relâmpagos partiam de suas figuras esbranquiçadas, reverberantes. Pareciam dois M-16 aquecendo as turbinas.

— É VOCÊ MESMO? — perguntou Facão, como se o bestalhão esperasse ser a única estrela do espetáculo.

— CLARO QUE SOU EU!

— Ei, vão ficar nesse lero-lero por muito tempo?

Era Feijão. Quando olhei para o babaca, vi que estava sentado sobre um túmulo, procurando a maneira mais confortável de assistir à peleja, como se estivesse no campinho do Atlético, lá de Nova Almeida.

Para completar a sensação que eu vinha sentindo de que todo mundo havia enlouquecido, Amanda reapareceu, só que em pé sobre outro túmulo, gritando:

— Rei, rei, rei, Navalhão é nosso rei!

— Rei, rei, rei, Navalhão é nosso rei! — repetiu Feijão.

Um raio, dessa vez para valer, cortou o ar entre os dois fantasmas e atingiu nosso rei bem no meio do peito, lançando-o a uns cinco metros de distância. A torcida emudeceu de imediato, chocada: nenhum torcedor agüenta sofrer um gol logo no primeiro minuto. Ouvimos, então, Navalhão soltar um urro de raiva e depois gritar:

— NÃO VOU PERMITIR QUE MACHUQUE MEUS AMIGOS! VOLTE PARA SEU DESCANSO ETERNO!

— NUNCA! ELES VÃO PAGAR COM A MESMA MALDIÇÃO!

Depois de assistir àquele raio e ver que a única coisa que Navalhão fazia era conversar, quando todos sabíamos que a melhor defesa era o ataque, passei a achar que estávamos ferrados. Não era nada esportivo abandonar o jogo logo no início, mas eu sabia que o prêmio daquele miserável seria nossas cabeças e, aqui entre nós, eu não tinha nenhuma vocação para virar troféu em estante de fantasma. Eu, não. E já ia sair de fininho, quando percebi de relance um novo raio cortando a escuridão, só que desta vez foi Facão o atingido, adivinhe onde. Ah, foi lá mesmo, bem naquele-lugar-que-dói-pacas, e o coitado subiu como um foguete desgovernado, foi lá em cima em três segundos e voltou em dois, chocando-se contra um túmulo e o estilhaçando como se fosse uma vidraça.

A torcida, claro, delirou:

— Rei, rei, rei, Navalhão é nosso rei!

Vi Marcelão pulando e agitando os braços, mas o destaque mesmo eram suas banhas pulando e agitando os braços com dois segundos de atraso.

— Ai, ai-ai-ai, em cima, em baixo, puxa e vai! — começaram a cantar, eufóricos com o inesperado empate.

Facão contra-atacou com um novo raio, que ergueu Navalhão por cima de cinco túmulos e três anjos, até desaparecer em algum lugar bem além de nossas costas. Quando nos viramos, Facão já estava girando sua arma, que passou rente à cabeça de Marcelão, arrancando-lhe o topete. O gorducho ficou fixo no mesmo lugar por alguns segundos, até compreender que havia perdido seu maior orgulho. Eu sabia que ele ia virar bicho, mas parecia ainda meio leso quando se abaixou para apanhar o que restava do topete, e o fez no justo instante em que Facão tentava acertar-lhe novamente. Desta vez ele errou, mas não teve tempo de refazer a pontaria: o gorducho havia finalmente descoberto que, do topete, restavam apenas chumaços de cabelos, e foi aí que virou aquele bicho ao qual me referi.

— Arrrggg! Eu acabo com sua raça, *pedaço-de-meleeecaaa*!

E Rolha arremessou-se para cima de Facão, sacudindo todas aquelas banhas, lembrando direitinho um paquiderme chutado por um dinossauro. Fantasmas são seres cheios de segredos ainda não revelados aos simples vivos, mas naquele momento aprendemos uma coisa sobre eles: são traiçoeiros. Com o impacto, Marcelão atravessou-o por inteiro, até sua cabeça sair-lhe pelas costas, onde ficou, entalado, olhando a noite escura à sua frente e as silhuetas dos anjos que ainda restavam em seus lugares.

Foi naquele momento que Navalhão reapareceu, parecendo um lençol sujo e bem amarrotado, e eu soube incontinenti que a batalha ia recomeçar. Claro, o problema agora era Marcelão, entalado daquele jeito na barriga de Facão. Seria tremendamente cômico, se não fosse tão trágico, pois não havia como Navalhão acertar o adversário sem ferir também o traseiro do gorducho. E olha que aquele bundão era um alvo tremendamente tentador. Tenho certeza de que foi exatamente o que pensou Marcelão, pois começou a se mexer, mexer, sem parar, que Facão, coitado, ficou se sacudindo todo, saltando por cima dos túmulos, como se lhe queimasse a sola dos pés. A cada salto, Marcelão parecia até uma gangorra, para cima e para baixo, até que Facão não agüentou mais todo aquele peso saltitante que tinha de carregar atravessado na barriga: agarrou o traseiro descomunal do gordo, puxando-o violentamente. Ouvi um som de gelatina se descolando do fundo de um prato, e Rolha-de-poço foi arremessado longe.

Só que era tarde demais para Facão. Navalhão acertou-o seguidamente com três raios — na cabeça, no peito e, claro, nos bagos — transformando-o em milhares de fagulhas em desintegração, brilhantes como uma estrela explodindo.

A torcida, que vivia momentos de puro desespero, reacendeu a chama da vitória, voltando a berrar como louca:

— Rei, rei, rei, Navalhão é nosso rei! — e ainda bateu palmas e sapecou: — Um, dois, três... quatro, cinco, mil... queremos que Facão vá pra... *ponte que caiu*!

Eu não esperava algo menos idiota, pois esse era nosso grito nos jogos do Atlético de Nova Almeida, mas achei que Facão bem que merecia outro final. Então vimos aquela miríade de fagulhas se reagrupar, quando tememos ter comemorado a vitória antes da hora, mas a figura que se formou teve uma existência de poucos segundos, antes de mergulhar em direção ao buraco de onde saíra, como um cometa espalhando seu rastro pelo firmamento.

Foi uma coisa linda de se ver, como um pênalti adversário perdido no último minuto.

.23.

A manhã surgiu prometendo um sol espetacular e um calor como não havíamos tido ainda, mas era hora de colocar nossas malas nos carros.

Havíamos tomado o café da manhã como sonâmbulos, brigando todo o tempo para manter nossas pálpebras abertas o necessário para sabermos o que estávamos comendo ou bebendo, tentando ainda não dar ouvidos ao discurso de nossos pais contra nosso comportamento imperdoável. Imperdoável, uma ova, eles é que não sabiam o que tínhamos passado desde nossa chegada a Rincocó. Mas não era hora de explicar; aliás, jamais haveria esta hora, porque não acreditariam em nós, crianças, e, quando adultos, seríamos tomados por fantasistas saudosos de nossos tempos de infância.

Droga, e que imbecil gostaria de voltar a ser criança?!

— E então, meninos? — perguntou, de repente, o pai de Marcelão. — Aborreceram-se muito neste lugar sossegado ou gostariam de arrasar mais alguns quartos?

O gorducho sorriu amarelo, mas Feijão resolveu encarar o velho e disse:

— Que nada, seu Aníbal, foi muito divertido. Fizemos amizades que vão além da morte!

— Nossa! — o velho achou engraçado. — Isso é que é amizade! Posso saber quem são esses amiguinhos?

Rolha deu uma cotovelada nas costelas de Feijão, deixando-o sem fôlego e, portanto, mudinho.

— Onde foi que cortou seu cabelo, Marcelo? — perguntou mamãe, aparentemente percebendo pela primeira vez a falta do topete.

— Er... olha aqui, gente, se temos de voltar, por que não vamos logo? — desconversou o gordo. — Daqui a pouco vou estar com fome e...

— *Para os carros!* — gritou o velho Aníbal, mais do que depressa: com certeza conhecia a aptidão do filho para fazer despesas.

Karloff ficou nos observando da porta do Imperador, e juro que não sei se o cara estava aliviado com nossa partida antecipada ou se agradecido por termos limpado seu hotel dos fluidos assombrados que o deixaram temido até pelos antigos hóspedes. De qualquer forma, não nos fez nenhuma careta, mas também não nos agradeceu. Digamos que ficamos no empate.

Fomos descendo lentamente a ladeira até a cidadezinha, formando um cortejo com os três carros, e ninguém apareceu na rua para nos observar em silêncio, como se fôssemos enterrar alguém, ou para nos saldar ruidosamente, como heróis que éramos.

Quando finalmente saímos de Rincocó, avistamos do lado esquerdo da estrada o cemitério onde havia ocorrido nossa última aventura. Eu e Amanda ficamos olhando o estrago provocado pela batalha entre Navalhão e Facão, sem acreditar no que víamos agora, à luz do dia. De fato, parecia ter havido um terremoto por ali, com muitos túmulos erguidos e vários anjos tombados e ainda apontando para o céu, como que reclamando de toda aquela bagunça. O carro entrou numa nova ladeira e, à medida que subia, fomos percebendo cada vez mais o buraco de onde Facão surgira para o jogo final, e de onde saía agora uma fumaça escura e fuliginosa, horrível.

Mamãe olhou por cima do ombro de papai e vi seus olhos se arregalarem de espanto.

— Olha só aquilo, Nando! — exclamou, cutucando-lhe o braço, quase nos jogando para fora da estrada. — Meu Deus, como tratam mal os mortos por aqui!

Eu e Amanda nos entreolhamos e tivemos de sorrir.

Foi naquele momento que papai deu uma freada, tão inesperada que quase passamos por cima dos bancos. Lá atrás, as buzinas começaram a soar, mas, graças a elas, certamente não ouvíamos um bocado de palavrões.

— Meu Deus, Fernando! — reclamou mamãe, cheia de razão. — Quer nos matar?!

— Só queria saber quem foi o cretino que deixou isso aí bem no meio da estrada!

Olhamos e vimos um imenso facão meio enterrado na lama, mas ainda brilhando com toda a magnificência dos pertences sobrenaturais.

— Quem será que perdeu um facão tão bom assim? Ora, vou levar para...

— *Não!*

Eles se viraram para mim, surpresos, até mesmo Amanda, mas ela sabia que eu estava certo: ninguém ia colocar a mão naquela coisa, pelo menos enquanto eu estivesse vivo.

— Ficou maluco? Acha que vou deixar aí um facão como este?

Quando percebi que meu velho já ia abrir a porta, concluí que não havia outro jeito, a não ser fazer o que fiz: pulei o banco, acertando sem querer a orelha de mamãe com a ponta de meu tênis, sentei no colo de papai e mandei ver no acelerador, antes mesmo que ele entendesse o que estava acontecendo. O carro deu um salto para a frente, só que em direção à ribanceira, e aquilo deixou papai alucinado. Cheguei a pensar, todo arrepiado, que íamos cair pela ribanceira e morrer, achando que devia ser alguma maldição daquele desgraçado, que Navalhão deixara passar despercebida. Então papai gritou juntinho de meu ouvido um *Aaaaiiiiii!* tão ensurdecedor, que o susto me fez virar o volante para a direita — claro que eu não sabia nem o que estava fazendo — e o carro saiu chapinhando, deslizou de volta para a ribanceira, tornou a deslizar para a direita, finalmente saindo à toda pela estrada por uns cem metros, até que meu velho despertou e deu uma freada.

Acho que por um minuto inteiro nem nos mexemos, esquecidos de respirar.

Eu tinha a camisa ensopada de suor, mas tenho certeza de que a de papai não estava mais seca do que a minha. Os outros carros pararam bem atrás da gente e correram todos para saber o que havia acontecido.

— Droga, Fernando, isso é hora de ensinar seu filho a dirigir?! — esbravejou seu Aníbal, ao me ver sentado no colo de papai, ainda segurando o volante do carro.

— Mas que irresponsabilidade! — bufou dona Malvina.

— Pensei que vocês estivessem procurando um atalho para o cemitério — disse seu Arquimedes, e riu, achando-se muito engraçado.

Antes que a coisa piorasse, tratei de sair do colo do velho e passei para o banco de trás, onde era meu lugar. Marcelão estava com a cara na janela, sorrindo. E meu coração só se acalmou um pouquinho quando senti a mão de Amanda segurar a minha, solidária: ela sabia que não havia outra coisa a ser feita. Mas papai não pensava assim e me puxou pela gola da camisa, até nossos rostos ficarem coladinhos.

— Nunca mais faça uma coisa dessas — disse, muito baixinho, e eu sabia que era daquele tom de voz que precisava ter medo. — Nunca mais.

Finalmente ele me largou e disse aos demais, que o encaravam ainda injuriados:

— Vamos embora — e como continuassem ali, gritou: — Droga, o que esperavam? Que um garoto de treze anos dirigisse melhor do que vocês?

Depois daquela, foram todos para os carros, e reiniciamos a viagem. Ainda tínhamos a maior parte das férias pela frente, mas eu achava que seria difícil descobrir alguma coisa para fazer depois daqueles dias em Rincocó.

Ou será que não?

Bem, às vezes só saíamos para dar uma voltinha até a esquina, e era então que tudo começava. Sim, às vezes, era assim que nossas aventuras tinham início, quando só queríamos ver por onde andavam as gatas, saber se o vendedor de picolé estava por perto, ou sentar sobre o muro para gastar o tempo com uma boa conversa. Foi provavelmente por isso que sequer estive perto de um enfarto, ao contrário de meus pais, quando avistamos uma gigantesca nave espacial estacionada logo depois da curva que acabáramos de fazer, e vimos uma criatura horripilante nos apontando uma espécie de arma.

Afinal, toda criança sabe que atrás de uma esquina há sempre uma aventura esperando por ela.

Mas esta, pode acreditar, já é outra história.

Escrever é uma coisa que me diverte. Morro de rir com as trapalhadas e aventuras de minha turma, e isso ocorre à medida que a história vai se desenrolando. Nem sei se sou eu que os dirige ou eles que me dirigem, levando-me matreiramente até onde querem, do jeito que mais gostam. O fato é que também gosto da maneira como meus pestinhas agem, como pensam, como são.

Eles às vezes me deixam maluco, sabiam? De repente, começa uma coceira infernal, penso que é piolho, e aí, quando vou ver, é a Turma da Aventura querendo sair, pronta para mais uma história. *Fantasmas*, por exemplo, surgiu de uma única idéia: o que aconteceria se uma turma tão jovem acabasse passando as férias num hotel pra lá de estranho? Hotéis são sempre uma espécie de casa da fantasia, jamais são como nossa casa, estão sempre repletos de mistério — tanta gente circulando nos bastidores e no palco, como se um espetáculo estivesse ocorrendo. Não é mais ou menos assim nos hotéis? É um lugar onde podem ocorrer crimes, roubos, espionagem, divertimentos, amores e — ora, por que não? — fantasmagorias. Quando é muuuito velho, então, aí é que os fantasmas adoram o hotel. Acho mesmo que um fantasma, se tiver de ter uma casa, esta certamente será um hotel. Espero que gostem do meu hotel. Garanto que é o melhor de Rincocó. E o único, também, ha, ha!!

Coleção Jabuti Mistério

FANTASMAS

ANTONIO CARLOS NEVES

Apreciando a Leitura

■ Bate-papo inicial

Quando souberam que iam fazer uma viagem de férias com seus pais para Rincocó, Filé, Feijão e Rolha não ficaram nada animados. Afinal, eles formavam a Turma da Aventura. Onde é que ficava Rincocó? Uma cidade com esse nome seria um lugar divertido para passar as férias? Vamos lembrar o que aconteceu!

■ Analisando o texto

1. Cada personagem da Turma da Aventura tem uma característica própria, tanto física quanto em relação à sua personalidade, ao seu jeito de ser. Que tal resumir essas características, lembrando que algumas delas são marcadas pelos apelidos dos garotos?

R.: ____

____

2. Filé e Amanda não se entendem. Um implica com o outro o tempo inteiro. Essa implicância entre irmãos pode ser tão grande que chega até a ser uma espécie de maldição. No caso dos dois personagens, entretanto, qual o conflito mais constante? Lembre-se do diálogo entre eles, logo no início do capítulo 2.

R.: Diferencia da idade.

3. O Hotel Imperador ganha uma descrição de meter medo. Filé, no capítulo 3, chega a dizer que, ao vê-lo, teve a impressão de estar... na Transilvânia. Você sabe onde fica a Transilvânia? Que personagem da literatura de horror morava num castelo por lá? Quem escreveu o primeiro livro (em 1897) sobre esse personagem, superassustador, que depois ganhou o mundo em outros livros, filmes, histórias em quadrinhos?

R.: Na Europa
Conde Dracula

4. Falando em personagens pavorosos, outras criações da "família-monstro" freqüentaram a literatura no século XIX. Associe autor e obra:

Frankenstein	Robert Louis Stevenson
O corvo	Mary Shelley
Carmilla	Edgar Allan Poe
O médico e o monstro	Sheridan Le Fanu